KB138103

2015년 4월 6일 제1판 제1쇄 인쇄
2015년 4월 13일 제1판 제1쇄 발행

엮어쓴이   조재도
펴낸이   강봉구

마케팅   윤태성
디자인   비단길
인쇄제본   (주)아이엠피

펴낸곳   작은숲출판사
등록번호   제406-2013-000081호
주소   413-170 경기도 파주시 신촌로 21-30(신촌동)
서울사무소 100-250 서울시 중구 퇴계로 32길 34
전화   070-4067-8560
팩스   0505-499-8560
홈페이지   http://cafe.daum.net/littlef 2010
페이스북   http://www.facebook.com/littlef 2010
이메일   littlef 2010@daum.net

©조재도

ISBN 978-89-97581-51-1   44800
ISBN 978-89-97581-49-8   44800(세트)
값 10,000원

반딧불
이문고

열공 학생들을 위한 읽기 학습 교양서

토요일에 읽는
한국 단편소설
2

작은숲

1

이 책은 지난 2010년에 나온 『조재도 선생님의 살아 있는 문학교실』 개정판입니다. 개정판을 내게 된 까닭은 출판사가 바뀌었고, 또 처음 한 권에 열 세 작품이 실려 있어 학생들이 읽기에 너무 두껍다는 지적이 있어서입니다. 따라서 책의 제목도 『토요일에 읽는 한국단편소설』로 바꾸고, 각 권에 다섯 작품씩 네 권에 나누어 실었습니다.

나는 학생들이 현진건이나 이효석 같은 사람 정도는 알았으면 하는 마음에서, 그도 아니면 「운수 좋은 날」이나 「메밀꽃 필 무렵」 같은 소설 제목만이라도 알았으면 하는 마음에서 이 책을 내기로 하였습니다. 이 책은 초등학교 고학년 이상이면 누구나 읽어도 좋을 것입니다.

2

나는 이 책을 내면서 다음 두 가지를 염두에 두었습니다.

하나는 한국 단편소설을 학생들이 흥미 있게 접하고 읽기 편하도록

머리말

했습니다. 작품마다 감상 포인트와 핵심정리, 등장인물 소개를 제시한 것도 그런 이유에서였습니다. 또 낱말 뜻과 필요한 부분에 대한 설명을 마치 수업 시간에 선생님에게 설명을 듣는 것처럼 한 것도 그런 이유에서였습니다.

다른 하나는 과거에 씌어진 작품에 대해 현재적 의미를 부여하려고 하였습니다. 이는 주로 작품을 읽고 난 후 하게 되는 '독후 활동'을 통해 이루어지는데, 주옥같은 문학 작품들이 '지금 오늘'을 사는 우리들에게 어떤 의미로 다가올 수 있는가를 생각해 보자는 것입니다. 이 말은 거꾸로 왜 우리는 '옛날'에 씌어진 작품을 찾아 읽어야 하는가, 하는 물음에 대한 답이 되기도 할 것입니다.

청소년기는 신체와 두뇌와 감성이 급격히 발달하면서 '나는 누구인가?' (자아정체성) '어떻게 살 것인가?'를 고민하게 되는 시기입니다. 이러한 때에 올바른 자아를 형성하고 행복한 삶으로 이끄는 활동으로

'독서'가 중시되고 있습니다. 특히 한국 단편소설을 읽는 것은 작품 속에 녹아 있는 우리 민족의 생활 정서를 직접 체험해 보고, 소설 속 다양한 인물들의 삶을 통해 자기 삶의 방향을 모색해 보는 일이 될 것입니다.

나는 이 책이 국어 공부를 하는 학생들에게 읽기 학습자료로 활용되었으면 좋겠습니다. 큰 부담 없이 읽기만 해도 공부가 되는 책으로 만들고 싶었기 때문입니다. 또 학습에 도움이 되는 배경지식을 넓힐 수 있을 뿐만 아니라, 문학적 교양을 쌓는 데도 도움이 되었으면 합니다.

2015년 3월

조재도

일러두기

1. 본문은 표준어 규정 및 한글 맞춤법에 따르되, 작가만의 특이한 말이나 표준
   어 또는 표준어가 없는 방언이나 속어는 그대로 썼습니다.
2. 대화에서는 방언이나 속어 및 구어를 살렸으며, 현대어 표기법에 맞추었습
   니다.
3. 띄어쓰기는 현대어 표기에 맞도록 통일하였습니다.
4. 문단 나누기는 원전을 살리되, 읽기 불편한 곳은 적절하게 조절했습니다.
5. 이해하는 데 꼭 필요한 단어는 단어 밑에 작은 글씨로 그 뜻을 표기했습니다.
6. 작품을 이해하는 데 중요한 문단이나 구절은 본문에 표시를 하고 번호를 매
   겨 페이지 하단에 설명을 달았습니다.
7. 발단-전개-위기-절정-결말 등 작품 이해 및 학습에 도움을 주고자 소설
   전개순서에 따라 표기하였습니다.
8. 「 」는 단편소설을 『 』는 단행본으로 나온 책을 표시하였습니다.

차례

이 소설은 동백꽃 피는 농촌을 배경으로 계층이 다른 사춘기 남녀 간의 갈등
과 화해를 그림으로써 향토적 사랑의 아름다움을 보여 준다. 눈치 없고 모자라
는 '나'가 점순이의 은근한 사랑과 구애의 동작을 읽지 못하기 때문에 나와 점
순이 사이에는 반어적 상황 내지 해학적 싸움이 벌어진다. 그러나 따지고 보면
그 싸움의 원인이 나의 우둔함에만 있는 것은 아니다. 그 원인은 마름의 딸인
점순이와 소작인의 아들인 내가 서로 계층이 다르다는 데도 있다. 이 소설 말
미에서 점순이는 산 밑으로, 그리고 나는 산 위로 치뺐는데, 이는 계층 차이로
인해 나와 점순아와의 화해가 일시적일 뿐 영구적인 것이 아님을 나타내 준다.
이 소설을 읽으면서 우리는 이 소설의 장점이 곧 단점으로 작용하고 있음을 생
각해 봐야겠다. 곧 순박하고 진실한 한국적 인간상을 풍부한 토속어와 *구어체
의 말투 그리고 비속어적 표현을 통해 작품을 **희화화한 이 소설은 바로 그 같

김유정
동백꽃

은 점으로 인해 당시 농촌사회의 당면한 문제를 치열하게 다루는 데 한계를 드

러내고 있기 때문이다.

● 구어체 일상적인 대화에서 쓰는 말투.

●● 희화화 어떤 인물의 외모나 성격 따위를 익살스럽게 묘사하는 것

핵심정리

갈래 단편소설, 애정소설
배경 시간 : 1930년대 봄날
    공간 : 강원도 산골의 농촌 마을
시점 1인칭 주인공 시점
주제 산골 남녀의 순박한 사랑

동백꽃 강원도에서는 생강나무를 동백꽃
이라고 한다.

오늘도 또 우리 •수탉¹이 막 쫓기었다. 내가 점심을 먹고 나무를 하러 갈 양으로 나올 때이었다. 산으로 올라서려니까 등뒤에서 푸드득 푸드득 하고 닭의 횃소리가 야단이다. 깜짝 놀라서 고개를 돌려 보니 아니나 다르랴 두 놈이 또 얼리었다.

점순네 수탉(은대강이가 크고 똑 오소리같이 실팍하게 생긴 놈)
이 덩저리 작은 우리 수탉을 함부로 해내는것이다. 그것도 그냥 해내는 것이 아니라 푸드득하고 면두를 쪼고 물러섰다가 좀 사이를 두고 푸드득하고 모가지를 쪼았다. 이렇게 멋을 부려 가며 여지없이 닭아 놓는다. 그러면 이 못생긴 것은 쪼일 적마다 주둥이로 땅을 받으며 그 비명이 킥, 킥 할뿐이다. 물론 미처 아물지도 않은 면두를 또 쪼며 붉은 선혈은 뚝뚝 떨어진다.

이걸 가만히 내려다보자니 내 대강이가 터져서 피가 흐르는 것같이

등장인물

이 소설에는 나와 점순이가 등장한다.
나는 소작인의 아들로 성격이 우직하고 순박하다.
점순이의 구애를 이해하지 못하고 거절하나
결국 닭싸움을 통해 구애를 받아들이게 된다. 한편 점순이는 마름집 딸로 조숙하고
깜찍한 처녀이다. 적극적인 구애 행위로 자기 목적을 달성하는 인물이다.

＊ ＊ ＊

두 눈에서 불이 번쩍 난다. 대뜸 지게 막대기를 메고 달려들어 점순네 닭을 후려칠까 하다가 생각을 고쳐먹고 헛매질로 떼어만 놓았다.

　이번에도 점순이가 쌈을 붙여 났을 것이다. 바짝바짝 내 기를 올리느라고 그랬음에 틀림없을 것이다. 고놈의 계집애가 요새로 들어서 왜 나를 못 먹겠다고 그렇게 아르릉거리는지 모른다.

발단 인물 제시(우리 닭이 점순네 닭에게 쪼임)

　나흘 전 감자 쪼간만 하더라도 나는 저에게 조금도 잘못한 것은 없
　　　　일, 사건
다. 계집애가 나물을 캐러 가면 갔지 남 울타리 엮는 데 쌩이질을 하
　　　　　　　　　　　　한창 바쁠 때 쓸데없는 일로 귀찮게 함
는 것은 다 뭐냐. 그것도 발소리를 죽여 가지고 등뒤로 살며시 와서,

　"애! 너 혼자만 일하니?"

---

1 '수탉'은 앞으로의 사건 전개에 주요한 모티브가 됨.

하고 긴치 않은 수작을 하는 것이다.

어제까지도 저와 나는 이야기도 잘 않고 서로 만나도 본척만척하고 이렇게 점잖게 지내던 터이련만 오늘로 갑작스레 대견해졌음은 웬일인가. 항차 망아지만 한 계집애가 남 일하는 놈 보고…….

"그럼 혼자 하지 떼루 하디?"

내가 이렇게 내뱉은 소리를 하니까,

"너 일하기 좋니?"

또는

"한여름이나 되거든 하지 벌써 울타리를 하니?"

잔소리를 두루 늘어놓다가 남이 들을까봐 손으로 입을 틀어막고는 그 속에서 깔깔댄다. 별로 우스울 것도 없는데 날씨가 풀리더니 이 놈의 계집애가 미쳤나 하고 의심하였다. 게다가 조금 뒤에는 즈 집께를 할금할금 돌아보더니 행주치마의 속으로 꼈던 바른손을 뽑아서 나의 턱밑으로 불쑥 내미는 것이다. 언제 구웠는지 더운 김이 홱 끼치는 굵은 감자 세 개가 손에 뿌듯이 쥐였다.

*"느 집인 이거 없지?"[2]

하고 생색 있는 큰소리를 하고는 제가 준 것을 남이 알면은 큰일 날 테니 여기서 얼른 먹어 버리란다. 그리고 또 하는 소리가

"너 봄 감자가 맛있단다."

"난 감자 안 먹는다. 너나 먹어라."

나는 고개도 돌리지 않고 일하던 손으로 그 감자를 도로 어깨 너머로 쑥 밀어 버렸다.

그랬더니 그래도 가는 기색이 없고, 뿐만 아니라 째근째근하고

심상치 않게 숨소리가 점점 거칠어진다. 이건 또 뭐야 싶어서 그때에야 비로소 돌아다보니 나는 참으로 놀랐다. 우리가 이 동네에 들어온 것은 근 삼 년째 되어오지만 여태껏 가무잡잡한 점순이의 얼굴이 이렇게까지 홍당무처럼 새빨개진 법이 없었다. 게다 눈에 독을 올리고 한참 나를 요렇게 쏘아보더니 나중에는 눈물까지 어리는 것이 아니냐. 그리고 바구니를 다시 집어 들더니 이를 꼭 악물고는 엎어질 듯 자빠질 듯 논둑으로 횡허케 달아나는 것이다.

어쩌다 동리 어른이,

"너 얼른 시집을 가야지?"

하고 웃으면

"염려 마서유. 갈 때 되면 어련히 갈라구!"

이렇게 천연덕스레 받는 점순이었다. *본시 부끄럼을 타는 계집애도 아니거니와 또한 분하다고 눈에 눈물을 보일 얼병이 사람도 아니다.[3]

<small>조금 모자르는</small>

분하면 차라리 나의 등어리를 바구니로 한번 모질게 후려쌔리고 달아날지언정.

그런데 고약한 그 꼴을 하고 가더니 그 뒤로는 나를 보면 잡아먹으려 기를 복복 쓰는 것이다.

설혹 주는 감자를 안 받아먹는 것이 실례라 하면, 주면 그냥 주었지 "느 집엔 이거 없지."는 다 뭐냐. 그러잖아도 저희는 마름이고 우

<small>지주를 대신하여 소작인을 관리하는 사람</small>

---

2 점순이의 우월감을 나타냄. 소작인과 마름 간 계층 간의 갈등이 내재된 표현.
3 인물 성격의 직접 제시.

리는 그 손에서 배재를 얻어 땅을 부치므로 일상 굽실거린다. 우리
가 이 마을에 처음 들어와 집이 없어서 곤란으로 지낼 제 집터를 빌
리고 그 위에 집을 또 짓도록 마련해 준 것도 점순네의 호의였다. 그
리고 우리 어머니 아버지도 농사 때 양식이 달리면 점순이네한테
가서 부지런히 꾸어다 먹으면서 인품 그런 집은 다시 없으리라고
침이 마르도록 칭찬하곤 하는 것이다. 그러면서도 열일곱씩이나 된
것들이 수군수군하고 붙어 다니면 동네의 소문이 사납다고 주의를
시켜준 것도 또 어머니였다. 왜냐하면 내가 점순이 하고 일을 저질
렀다가는 점순네가 노할 것이고, 그러면 우리는 땅도 떨어지고 집
도 내쫓기고 하지 않으면 안 되는 까닭이었다.

그런데 이놈의 계집애가 까닭 없이 기를 복복 쓰며 나를 말려 죽
이려고 드는 것이다.

전개 점순이가 준 감자를 받지 않음

눈물을 흘리고 간 담날 저녁나절이었다. 나무를 한 짐 잔뜩 지고
산을 내려오려니까 어디서 닭이 죽는소리를 친다. 이거 뉘 집에서
닭을 잡나 하고 점순네 울 뒤로 돌아오다가 고만 두 눈이 똥그랬다.
점순이가 즈집 봉당에 홀로 걸터앉았는데 이게 치마 앞에다 우리
씨암탉을 꼭 붙들어 놓고는

"이놈의 씨닭! 죽어라 죽어라."

요렇게 암팡스레 패 주는 것이 아닌가. 그것도 대가리나 치면 모
른다마는 아주 알도 못 낳으라고 그 볼기짝께를 주먹으로 콕콕 쥐
어박는 것이다.

점순이는 자기네 닭과 우리 닭을 싸움 붙이면서 '나'의 관심을 이끌어낸다.

[*]나는 눈에 쌍심지가 오르고 사지가 부르르 떨렸으나 사방을 한 번 휘둘러보고야 그제서야 점순이 집에 아무도 없음을 알았다.[4]

잡은 참 지게막대기를 들어 울타리의 중턱을 후려치며,

"이놈의 계집애! 남의 닭 알 못 나라구 그러니?"

하고 소리를 빽 질렀다.

그러나 점순이는 조금도 놀라는 기색이 없고 그대로 의젓이 앉아서 제 닭 가지고 하듯이 또 죽어라, 죽어라 하고 패는 것이다. 이걸 보면 내가 산에서 내려올 때를 겨냥해 가지고 미리부터 닭을 잡아 가지고 있다가 네 보라는 듯이 내 앞에서 쭤지르고 있음이 확실하다.

그러나 나는 그렇다고 남의 집에 뛰어들어가 계집애하고 싸울 수도 없는 노릇이고 형편이 썩 불리함을 알았다. 그래 닭이 맞을 적마다 지게막대기로 울타리를 후려칠 수밖에 별 도리가 없다. 왜냐하면 울타리를 치면 칠수록 울섶이 물러앉으며 뼈대만 남기 때문이
<small>울타리를 만드는 데 쓰는 섶나무</small>
다. 허나 아무리 생각하여도 나만 밑지는 노릇이다.

"아, 이년아! 남의 닭 아주 죽일 터이야?"

내가 도끼눈을 뜨고 다시 꽥 호령을 하니까 그제서야 울타리께로 쪼르르 오더니 울 밖에 섰는 나의 머리를 겨누고 닭을 내팽개친다.

"예이 더럽다! 더럽다!"

"더러운 걸 널더러 입때 끼고 있으랬니? 망할 계집애년 같으니."

하고 나도 더럽단 듯이 울타리께를 횡허케 돌아내리며 약이 오를 대로 다 올랐다, 라고 하는 것은 암탉이 풍기는 서슬에 나의 이마빼
<small>사방으로 흩어지는</small>
기에다 물지똥을 찍 갈겼는데 그걸 본다면 알집만 터졌을 뿐 아니라 골병은 단단히 든 듯싶다. 그리고 나의 등뒤를 향하여 나에게만

들릴 듯 말 듯한 음성으로

"이 바보 녀석아!"

"얘! 너 배냇병신이지?"
선천성 기형아

그만도 좋으련만

"얘! 너 느 아버지가 고자라지?"

"뭐 울 아버지가 그래 고자야?"

할 양으로 열벙거지가 나서 고개를 획 돌리어 바라봤더니 그때까
화
지 울타리 위로 나와 있어야 할 점순이의 대가리가 어디 갔는지 보
이지를 않는다. 그러다 돌아서서 오자면 아까에 한 욕을 울 밖으로
또 퍼붓는 것이다. 욕을 이토록 먹어 가면서도 대거리 한 마디 못하
대꾸
는 걸 생각하니 돌부리에 채이어 발톱 밑이 터지는 것도 모를 만큼
분하고 급기야는 두 눈에 눈물까지 불끈 내솟는다.

그러나 점순이의 *침해⁵는 이것뿐이 아니다.

사람들이 없으면 틈틈이 즈 집 수탉을 몰고 와서 우리 수탉과 쌈
을 붙여 놓는다. 즈 집 수탉은 썩 험상궂게 생기고 쌈이라면 홰를 치
는 고로 으레 이길 것을 알기 때문이다. 그래서 툭하면 우리 수탉이
면두며 눈깔이 피로 흐드르하게 되도록 해 놓는다. 어떤 때에는 우
리 수탉이 나오지를 않으니까 요놈의 계집애가 모이를 쥐고 와서
꾀어내다가 쌈을 붙인다.

*이렇게 되면 나도 다른 배차를 차리지 않을 수 없다.⁶ 하루는 우
어떤 일을 하기 위한 꾀

---

4 신분 관계 때문에 싸움을 마음대로 못함.

5 점순이의 우월감을 나타냄. 소작인과 마름 간 계층 간의 갈등이 내재된 표현.

6 장면전환. 나의 적극적인 의지가 나타나기 시작함.

리 수탉을 붙들어 가지고 넌지시 장독께로 갔다. 쌈닭에게 고추장을 먹이면 병든 황소가 살모사를 먹고 용을 쓰는 것처럼 기운이 뻗친다 한다. 장독에서 고추장 한 접시를 떠서 닭 주둥아리께로 들여밀고 먹여 보았다. 닭도 고추장에 맛을 들였는지 거스르지 않고 거진 반 접시 턱이나 곧잘 먹는다.

그리고 먹고 금시는 용을 못 쓸 터이므로 얼마쯤 기운이 돌도록 홰 속에다 가두어 두었다.

밭에 두엄을 두어 짐 져내고 나서 쉴 참에 그 닭을 안고 밖으로 나왔다. 마침 밖에는 아무도 없고 점순이만 즈 울 안에서 헌옷을 뜯는지 혹은 솜을 터는지 웅크리고 앉아서 일을 할 뿐이다.

나는 점순네 수탉이 노는 밭으로 가서 닭을 내려놓고 가만히 맥을 보았다. 두 닭은 여전히 얼리어 *쌈[7]을 하는데 처음에는 아무 보람이 없었다. 멋지게 쪼는 바람에 우리 닭은 또 피를 흘리고 그러면서도 날갯죽지만 푸드덕푸드덕하고 올라뛰고 뛰고 할 뿐으로 제법 한번 쪼아 보지도 못한다.

그러나 한번엔 어쩐 일인지 용을 쓰고 펄쩍 뛰더니 발톱으로 눈을 하비고 내려오며 면두를 쪼았다. 큰 닭도 여기에는 놀랐는지 뒤로 멈씰하며 물러난다. 이 기회를 타서 작은 우리 수탉이 또 날쌔게
후비고
덤벼들어 다시 면두를 쪼니 그제서는 감때사나운 그 대강이에서도
멈칫하며
피가 흐르지 않을 수 없다.
억새고 사나운

옳다 알았다, 고추장만 먹이면은 되는구나 하고 나는 속으로 아주 쟁그라워 죽겠다. 그때에는 뜻밖에 내가 닭쌈을 붙여 놓는 데 놀라서 울 밖으로 내다보고 섰던 점순이도 입맛이 쓴지 눈쌀을 찌푸
고소해

렸다.

나는 두 손으로 볼기짝을 두드리며 연방

"잘한다! 잘한다!"

하고 신이 머리끝까지 뻗치었다.

그러나 얼마 되지 않아서 나는 넋이 풀리어 기둥같이 묵묵히 서 있게 되었다. 왜냐하면 큰 닭이 한 번 쪼인 앙갚음으로 호들갑스레 연거푸 쪼는 서슬에 우리 수탉은 찔끔 못하고 막 꿇는다. 이걸 보고서 이번에는 점순이가 깔깔거리고 되도록 이쪽에서 많이 들으라고 웃는 것이다.

나는 보다 못하여 덤벼들어서 우리 수탉을 붙들어 가지고 도로 집으로 들어왔다. 고추장을 좀 더 먹였더라면 좋았을 걸, 너무 급하게 쌈을 붙인 것이 퍽 후회가 난다. 장독께로 돌아와서 다시 턱 밑에 고추장을 들이댔다. 흥분으로 말미암아 그런지 당최 먹질 않는다.

나는 <u>하릴없이</u> 닭을 반듯이 눕히고 그 입에다 궐련 물부리를 물
　　　　할 수 없이　　　　　　　　　　　　　　　담배를 끼워서 피우는 물건
리었다. 그리고 고추장 물을 타서 그 구멍으로 조금씩 들여 부었다. 닭은 좀 괴로운지 킥킥하고 재채기를 하는 모양이나 그러나 당장의 괴로움은 매일 같이 피를 흘리는 데 댈 게 아니라 생각하였다.

그러나 한 두어 종지가량 고추장물을 먹이고 나서는 나는 고만
　　　　　　　　간장 따위를 담는 작은 그릇

7　이 작품에서 '닭싸움'은 점순이의 심리와 나와의 갈등관계를 드러내며, 갈등이 고조 심화되는 기능과 함께 화해되는 기능을 담당함.

풀이 죽었다. 싱싱하던 닭이 왜 그런지 고개를 살며시 뒤틀고는 손아귀에서 뻐드러지는 것이 아닌가. 아버지가 볼까 봐서 얼른 홰에다 감추어 두었더니 오늘 아침에서야 겨우 정신이 든 모양 같다.

그랬던 걸 이렇게 오다 보니까 또 쌈을 붙여 놨으니 이 망한 계집애가, 필연 우리 집에 아무도 없는 틈을 타서 제가 들어와 홰에서 꺼내 가지고 나간 것이 분명하다.

나는 다시 닭을 잡아다 가두고 염려는스러우나 그렇다고 산으로 나무를 하러 가지 않을 수도 없는 형편이었다.

위기 닭을 통해 나를 괴롭히는 점순이

소나무 삭정이를 따며 가만히 생각해 보니 암만해도 고년의 목쟁이를 돌려 놓고 싶다. 이번에 내려가면 망할 년 등줄기를 한 번 되게 후려치겠다 하고 싱둥겅둥 나무를 지고는 부리나케 내려왔다.

호드기 봄에 물오른 버드나무 껍질을 비틀어 뽑은 껍질이나 밀짚 토막 따위로 만든 피리.

거지반 집에 다 내려와서 나는 호드기 소리를 듣고 발이 딱 멈추었다. °산기슭에 널려 있는 굵은 바윗돌 틈에 노란 동백꽃이 소보록하니 깔리었다.[8] 그 틈에 끼어 앉아서 점순이가 청승맞게시리 호드기를 불고 있는 것이다. 그보다도 더 놀란 _{매우 애틋하게} 것은 고 앞에서 또 푸드덕푸드덕 하고 들리는 닭의 횃소리다. 필연코 요년이 나의 약을 올르니라고 또 닭을 집어내다가 내가 내려올 길목에다 쌈을 시켜 놓고 저는 그 앞에 앉아서 천연스레 호드기를 불고 있음에 틀림없으리라.

나는 약이 오를 대로 올라서 두 눈에서 불과 함께 눈물이 퍽 쏟아졌다. 나뭇지게도 벗어 놓을 새 없이 그대로 내동댕이치고는 지게막대기를 뻗치고 허둥허둥 달려들었다.

가까이 와 보니 과연 나의 짐작대로 우리 수탉이 피를 흘리고 거의 빈사 지경에 이르렀다. 닭도 닭이려니와 그러함에도 불구하고
거의 죽음
눈 하나 깜짝 없이 고대로 앉아서 호드기만 부는 그 꼴에 더욱 치가 떨린다. 동리에서도 소문이 났거니와 나도 한때는 걱실걱실히 일
성질이 너그럽고 행동이 활발하다
잘 하고 얼굴 예쁜 계집애인 줄 알았더니 시방 보니까 그 눈깔이 꼭 여우 새끼 같다.

나는 대뜸 달려들어서 나도 모르는 사이에 큰 수탉을 단매로 때려 엎었다. °닭은 푹 엎어진 채 다리 하나 꼼짝 못 하고 그대로 죽어 버렸다.⁹ 그리고 나는 멍하니 섰다가 점순이가 매섭게 눈을 흡뜨고
눈동자를 위로 치켜 뜸
닥치는 바람에 뒤로 벌렁 나자빠졌다.

"이놈아! 너 왜 남의 닭을 때려죽이니?"

"그럼 어때?"

하고 일어나다가,

"뭐 이 자식아! 누 집 닭인데?"

하고 복장을 떠미는 바람에 다시 벌렁 자빠졌다. 그리고 나서 가
가슴
만히 생각을 하니 분하기도 하고 무안도 스럽고, 또 한편 일을 저질렀으니, 인젠 땅이 떨어지고 집도 내쫓기고 해야 되는지 모른다.

나는 비슬비슬 일어나며 소맷자락으로 눈을 가리고는 얼김에 엉

---

8 향토적 서정. 점순이와 나의 화해 분위기를 암시함.

9 닭의 죽음으로 갈등 해소의 계기가 마련됨.

하고 울음을 놓았다. 그러나 점순이가 앞으로 다가와서

　●"그럼 너 이담부텀 안 그럴 테냐?"[10]

　하고 물을 때에야 비로소 살길을 찾은 듯싶었다. 나는 눈물을 우선 씻고 뭘 안 그러는지 명색도 모르건만

　"그래!"

　●하고 무턱대고 대답하였다.[11]

　"요담부터 또 그래 봐라, 내 자꾸 못살게 굴 테니."

　"그래 그래, 이젠 안 그럴 테야!"

　●"닭 죽은 건 염려 마라, 내 안 이를 테니."[12]

　그리고 뭣에 떠다 밀렸는지 나의 어깨를 짚은 채 그대로 픽 쓰러진다. 그 바람에 나의 몸뚱이도 겹쳐서 쓰러지며 한창 피어 퍼드러진 노란 동백꽃 속으로 폭 파묻혀 버렸다.

절정 나의 복수와 점순과의 화해

　알싸한, 그리고 향긋한 그 냄새에 나는 땅이 꺼지는 듯이 온 정신이 고만 아찔하였다.

　"너 말 마라!"

　"그래!"

　조금 있더니 요 아래서

　"점순아! 점순아! 이년이 바느질을 하다 말구 어딜 갔어?"

　하고 어딜 갔다 온 듯싶은 그 어머니가 역정이 대단히 났다.

　●점순이가 겁을 잔뜩 집어먹고 꽃 밑을 살금살금 기어서 산 아래로 내려간 다음 나는 바위를 끼고 엉금엉금 기어서 산 위로 치빼지

않을 수 없었다.¹³

결말 화해 끝에 동백꽃 속에 파묻힘

출전 · 『조광』, 1906

---

10 갈등 해소. 화해가 이루어짐.

11 익살스런 표현으로 신분의 차이가 화해와 융합으로 이끌어지는 부분.

12 닭의 죽음을 통해 극적인 화해가 이루어짐.

13 점순이는 산 아래로, 나는 산 위로 치뻗음으로써 둘 사이의 화해가 영구적이 아닌 일시적
임을 나타냄.

작품 줄거리

점심을 먹고 나무를 하러 산에 가려는데, 점순네 수탉이 아직 상처가 아물지도 않은 우리 닭의 면두를 다시 쪼아서 선혈이 낭자했다. 나는 작대기를 들고 헛매질을 하여 떼어놓았다. 나흘 전 점순이는 울타리 엮는 내 등 뒤로 와서 더운 김이 홱 끼치는 감자를 내밀었다. 나는 그녀의 손을 밀어 버렸다. 쌔근쌔근 하고 독이 오른 그녀가 나를 쳐다보더니 나중에는 눈물까지 흘리는 것을 보고 나는 깜짝 놀랐다.

다음날 점순이는 자기 집 봉당에 홀로 걸터앉아 우리 집 씨암탉을 붙들어 놓고 때리고 있었다. 점순이는 사람들이 없으면 수탉을 몰고 와서 우리 집 수탉과 싸움을 붙였다. 하루는 나도 우리 집 수탉에게 고추장을 먹이고 용을 쓸 때까지 기다려서 점순네 닭과 싸움을 붙였다. 그 보람으로 우리 닭은 발톱으로 점순네 닭의 눈을 후볐다. 그러나 점순네 닭이 한번 쪼인 앙갚음으로 우리 닭을 쪼았다.

점순이가 싸움을 붙일 것을 안 나는 우리 닭을 잡아다가 가두고 나무하러 갔다. 소나무 삭정이를 따면서 나는 고년의 목쟁이를 돌려놓고 싶은 충동을 느낀다. 점순이가 바윗돌 틈에 동백꽃을 소복이 깔아놓고 앉아서 닭싸움을 보며 청승맞게 호드기를 불고 있다. 약이 오른 나는 지게 작대기로 점순네 수탉을 때려 죽였다. 그러자 점순이가 눈을 홉뜨고 내게 달려든다. 다음부터는 그러지 않겠다고 다짐하라는 점순이에게 나는 그러마하고 약속한다.

동백꽃 속에 파묻힌 나는 점순이의 향긋한 냄새에 정신이 아찔해진다. 이때 점순이 엄마가 점순이를 부르자 점순이는 산 아래로 달려가고, 나는 살금살금 기어서 산 위로 내뺐다.

작가 파일

김유정 1908~1937

소설가로 강원도 춘천 출생이다. 휘문고보를 졸업하고 연희전문에 입학했으나 맏형의 금광 사업 실패와 방탕으로 집안이 기울자, 학교를 중퇴하고 방황하다 1931년 경 강원도 춘성에서 야학을 열어 문맹퇴치 운동을 벌였다. 순문예 단체인 구인회(九人會)에 가입하여 활동하기도 하였고, 폐결핵으로 29세에 요절하기까지 약 3년 간 30여 편에 가까운 작품을 남겼다. 그의 작품은 대부분 가난에 시달리던 1930년대 식민지 현실을 바탕으로 하고 있다. 주요 등장인물은 가난 속에서도 웃음을 잃지 않는 소작인, 노동자 등이다. 그는 토속적 어휘를 사용하여 농촌 모습을 해학적으로 묘사하였고, 농촌 문제를 드러내면서도 그것을 치열하게 그리기보다는 웃음으로 치환시켰다. 주요 작품에 「봄봄」,「금 따는 콩밭」,「만무방」,「산골」등이 있다.

김유정 문학촌 강원도 춘천시 신동면 중리에 있는 김유정 기념마을. 김유정의 문학적 업적을 알리고 그의 문학 정신을 계승하기 위하여 고향인 실레마을에 조성한 문학 공간.

구인회 1933년 작가 김기림 이효석 유치진 이태준 정지용 등 9명이 결성한 문인 단체.

독후 활동

1 이 작품에서 '동백꽃'과 '닭싸움'이 갖는 의미에 대해 말해 보자.

2 이 작품 앞머리에서 점순이는 '나'에게 감자를 갖다 주지만 거절당해
  자존심이 상한다. 그 때의 상황을 점순이를 1인칭 주인공으로 하여
  이야기를 꾸며 보자.

이 소설은 한 인간이 외부 세계로부터 단절된 개인의 암울한 일상을 그린 작품
이다. 화자인 나에게는 이름도 없고 개인으로서의 역사도 없고 직업도 없으며
생활도 없다. 이런 나를 외부의 세계와 연결시켜 주는 유일한 끈은 아내이다.
아내가 매개 역할을 할 때에만, 나는 세상에 관심을 가진다. 그러나 나와 아내의
관계라는 것도 정상적인 부부 사이가 아닌 서로 다른 방에서 서로 다른 생활을
하는 것이다. 아내는 나를 남편이 아니라 식객으로 대한다. 그러니까 나는 아내
의 매춘에 기대어 먹고사는 무기력한 인간인 셈이다.

이 소설은 1936년 『조광』에 발표되었는데 이상의 첫사랑인 기생 금홍(錦紅)과
의 2년 여에 걸친 동거 생활에서 나온 것으로 이야기되고 있다. 이 소설은 다른
소설과는 달리 의식의 흐름에 따라 전개되는 특이함을 보인다. 곧 사건이 논리
적으로 전개되기보다는 의식의 흐름에 따라 전개되므로 사건 자체가 뚜렷하지

이상
날개

않고 사건과의 인과관계도 불투명하다.

핵심정리

갈래 단편소설, 심리소설
배경 시간 : 1930년대 어느 날
      공간 : 서울의 33번지 구석방
시점 1인칭 주인공 시점
주제 전도된 삶과 자아 분열의 의식 속에서 본래의
      자아를 찾으려는 인간의 내면 의지

박제(剝製) 동물의 살과 내장을 빼내고 그
안에 솜이나 심을 넣어 꿰맨 다음 방부제 처
리하여 만든 표본.

°'박제[1](剝製)가 되어 버린 천재'를 아시
오? 나는 유쾌하오. 이런 때 연애까지가 유쾌하
오.

°육신이 흐느적흐느적하도록 피로했을 때만
정신이 은화처럼 맑소.[2] 니코틴이 내 횟배 앓는 뱃속으로 스미면 머
릿속에 으레 백지가 준비되는 법이오. 그 위에다 나는 °위트[3]와 °파
라독스[4]를 바둑 포석처럼 늘어놓소. 가증할 상식의 병이오.

　나는 또 여인과 생활을 설계하오. 연애기법에마저 서먹서먹해진
지성의 극치를 흘깃 좀 들여다본 일이 있는, 말하자면 일종의 정신
분일자말이오. 이런 여인의 반(半) — 그것은 온갖 것의 반이오 —
　　　정신분열자
만을 영수하는 생활을 설계한다는 말이오. 그런 생활 속에 한 발만
　　　　주고받는
들여놓고 흡사 °두 개의 태양[5]처럼 마주 쳐다보면서 낄낄거리는 것

등장인물

이 소설에는 '나'와 '아내'가 등장한다.
나는 경제적인 생활 능력이 없는 사회 활동이 전무한 무기력한 남편이며
아내의 부정과 자아의식 사이 갈등을 일으켜 극히 불안한
심리적 상태에 있는 인물이다.
나는 모든 면에서 아내에게 종속되어 있고, 그러한 아내와의 관계에서
벗어나 '한 번 더 날아봄'으로써 자신의 자아를 되찾으려 하나 불가능한 일에 그친다.
한편 아내는 '외출', '내객(來客)', '돈'이라는 말에서 알 수 있듯이 직업은 창녀이다.
남편보다 우월한 존재로, 늘 남편 위에 군림하는 가학적 여성으로
속악적(속되고 고약한)이고 불합리한 현실을 나타내기도 한다.

이오. 나는 아마 어지간히 인생의 제행이 싱거워서 견딜 수가 없게
<u>온갖 행동</u>
끔 되고 그만둔 모양이오. 굿바이.

굿바이. 그대는 이따금 그대가 제일 싫어하는 음식을 탐식하
는 °아이러니[6]를 실천해 보는 것도 놓을 것 같소. 위트와 패러독스
와……

---

1 여기서 '박제'는 작가 자신의 가치에 대한 자조적 표현임.

2 역설적 표현.

3 wit, 말이나 글을 재치 있고, 능란하게 구사하는 능력. 기지, 익살, 재치.

4 paradox, 역설, 겉으로 보기엔 이치에 맞지 않는 것 같지만 사실은 그 속에 진리가 담기
   도록 표현하는 방법. 예)극과 극은 통한다, 천재와 바보는 종이 한 장 차이다 등.

5 분열된 자의식을 나타냄.

6 irony, 표현하려는 본뜻과는 반대되는 말을 함으로써 문장의 의미를 강화하는 표현.
   예) 참 얄밉게도 생겼다(귀엽다).

그대 자신을 위조하는 것도 할 만한 일이오. 그대의 작품은 한 번도 본 일이 없는 기성품에 의하여 차라리 경편(輕便)하고 고매(高邁)하리다.

가볍고 편리한   높고 뛰어남

19세기는 될 수 있거든 봉쇄하여 버리오. 도스토예프스키 정신이란 자칫하면 낭비일 것 같소. 위고를 불란서의 빵 한 조각이라고는 누가 그랬는지 지언(至言)인 듯싶소. 그러나 인생 혹은 그 모형에 있어서 '디테일' 때문에 속는다거나 해서야 되겠소? 화(禍)를 보지 마오. 부디 그대께 고하는 것이니…….

지극히 옳은 말

도스토예프스키 러시아의 소설가. 『죄와 벌』, 『까라마조프가의 형제들』 등이 있다.

"테이프가 끊어지면 피가 나오. 상채기도 머지 않아 완치될 줄 믿소. 굿바이."

감정은 어떤 포즈. (그 포즈의 소(素)만을 지적하는 것이 아닌지 나도 모르겠소.) 그 포즈가 부동자세에까지 고도화할 때 감정은 딱 공급을 정지합네다.

원소

빅톨 위고 프랑스의 시인이자 소설가. 대표작에 『레 미제라블(장발장)』이 있다.

나는 내 비범한 발육을 회고하여 세상을 보는 안목을 규정하였소.

*여왕봉(女王蜂)과 미망인― 세상의 하고 많은 여인이 본질적으로 이미 미망인이 아닌 이가 있으리까?[7] 아니, 여인의 전부가 그 일

여왕벌   남편이 죽고 홀로 된 여자

상에 있어서 대개 '미망인'이라는 내 논리가 뜻밖에도 여성에 대한
모독(冒瀆)이 되오? 굿바이.

도입 소설로 들어가기 전 작가의 독백

 *그 33번지라는 것이 구조가 흡사 유곽이라는 느낌이 없지 않다.
창녀가 모여 몸을 파는 곳, 아내의 직업 암시
한 번지에 18가구가 죽 어깨를 맞대고 늘어서서 창호가 똑같고 아
궁이 모양이 똑같다. 게다가 각 가구에 사는 사람들이 송이송이 꽃
과 같이 젊다.⁸

 해가 들지 않는다. 해가 드는 것을 그들이 모른 체하는 까닭이다.
턱살 밑에다 철줄을 매고 얼룩진 이부자리를 널어 말린다는 핑계로
미닫이에 해가 드는 것을 막아 버린다. 침침한 방안에서 낮잠들을
잔다. 그들은 밤에는 잠을 자지 않나? *알 수 없다. 나는 밤이나 낮
이나 잠만 자느라고 그런 것을 알 길이 없다.⁹ 33번지 18가구의 낮
은 참 조용하다.

 조용한 것은 낮뿐이다. 어둑어둑하면 그들은 이부자리를 걷
어들인다. 전등불이 켜진 뒤의 18가구는 낮보
다 훨씬 화려하다. 저물도록 미닫이 여닫는 소
리가 잦다. 바빠진다. 여러 가지 냄새가 나기 시
작한다. 비웃 굽는 내, 탕고도란내, 뜨물내, 비눗
화장품의 일종
내…….

비웃 청어를 식료품으로 이르는 말.

---

7 정조 의식이 결여된 현대 여성을 풍자하는 표현.
8 여기서 33이나 18 같은 숫자는 성적(性的) 행위를 의미함.
9 화자인 '나'가 자의식에 갇혀 있음을 나타냄.

그러나 이런 것들보다도 그들의 문패가 제일로 고개를 끄덕이게 하는 것이다.

이 18가구를 대표하는 대문이라는 것이 일각이 져서 외따로 떨어지기는 했으나, 있다. 그러나 그것은 한 번도 닫힌 일이 없는, 한길이나 마찬가지 대문인 것이다. 온갖 장사치들은 하루 가운데 어느 시간에라도 이 대문을 통하여 드나들 수 있는 것이다. 이네들은 문간에서 두부를 사는 것이 아니라, 미닫이를 열고 방에서 두부를 사는 것이다. 이렇게 생긴 33번지 대문에 그들 18 가구의 문패를 몰아다 붙이는 것은 의미가 없다. 그들은 어느 사이엔가 각 미닫이 위 백인당(百忍堂)이니 길상당(吉祥堂)이니 써 붙인 한 곁에다 문패를 붙이는 풍속을 가져 버렸다.

*내[10] 방 미닫이 위 한 곁에 *칼표 딱지[11]를 넷에다 낸 것만한 내 — 아니! 내 아내의 명함이 붙어 있는 것도 이 풍속을 좋은 것이 아닐 수 없다.

나는 그러나 그들의 아무와도 놀지 않는다. 놀지 않을 뿐만 아니라 인사도 않는다. 나는 내 아내와 인사하는 외에 누구와도 인사하고 싶지 않았다.

내 아내 외의 다른 사람과 인사를 하거나 놀거나 하는 것은 내 아내 낯을 보아 좋지 않은 일인 것만 같이 생각이 되었기 때문이다. 나는 이만큼까지 내 아내를 소중히 생각한 것이다.

내가 이렇게까지 내 아내를 소중히 생각한 까닭은 이 33번지 18 가구 속에서 내 아내가 내 아내의 명함처럼 제일 작고 제일 아름다운 것을 안 까닭이다. 18가구에 각기 빌어 들은 송이송이 꽃들 가운데서도 내 아내가 특히 아름다운 *한 떨기의 꽃12으로 이 함석지붕 밑 볕 안 드는 지역에서 어디까지든지 찬란하였다. 따라서 그런 한 떨기 꽃을 지키고, 아니 그 꽃에 매어달려 사는 나라는 존재가 도무지 형언할 수 없는 거북살스러운 존재가 아닐 수 없었던 것은 물론이다.

나는 어디까지든지 내 방이 — 집이 아니다. 집은 없다. — 마음에 들었다. 방안의 기온은 내 체온을 위하여 쾌적하였고, 방안의 침침한 정도가 또한 내 안력을 위하여 쾌적하였다. 나는 내 방 이상의 서늘한 방도, 또 따뜻한 방도 희망하지 않았다. 이 이상으로 밝거나 이 이상으로 아늑한 방은 원하지 않았다. 내 방은 나 하나를 위하여 요만한 정도를 꾸준히 지키는 것 같아 늘 내 방에 감사하였고, 나는 또 이런 방을 위하여 이 세상에 태어난 것만 같아서 즐거웠다.
그러나 이것은 행복이라든가 불행이라든가 하는 것을 계산하는 것은 아니었다. 말하자면 나는 내가 행복되다고도 생각할 필요가 없었고, 그렇다고 불행하다고도 생각할 필요가 없었다. *그냥 그날을 그저 까닭 없이 편둥편둥 게으르고만 있으면 만사는 그만이었던 것이다.13

---

10 1인칭 주인공 시점임을 나타냄.
11 '칼표'는 당시 판매되던 담배 이름. 칼표 딱지는 담배갑의 넓은 면.
12 아내에 대한 냉소적인 표현.
13 주인공의 자폐적인 성격 암시.

내 몸과 마음에 옷처럼 잘 맞는 방 속에서 뒹굴면서, 축 쳐져 있는 것은 행복이니 불행이니 하는 그런 세속적인 계산을 떠난 가장 편리하고 안일한 말하자면 절대적인 상태인 것이다. *나는 이런 상태가 좋았다.¹⁴
편하고 한가로움

이 절대적인 내 방은 대문간에서 세어서 똑 일곱째 칸이다. 럭키 세븐의 뜻이 없지 않다. 나는 이 일곱이라는 숫자를 훈장처럼 사랑하였다. *이런 이 방이 가운데 장지로 말미암아 두 칸으로 나뉘어 있었다는 그것이 내 운명의 상징이었던 것을 누가 알랴?¹⁵

아랫방은 그래도 해가 든다. 아침결에 책보 만한 해가 들었다가 오후에 손수건만 해지면서 나가 버린다. 해가 영영 들지 않는 윗방이 즉 내 방인 것은 말할 것도 없다. 이렇게 볕드는 방이 아내 방이요, 볕 안 드는 방이 내 방이요 하고 아내와 나 둘 중에 누가 정했는지 나는 기억하지 못한다. *그러나 나에게는 불평이 없다.¹⁶

아내가 외출만 하면 나는 얼른 아랫방으로 와서 그 동쪽으로 난 들창을 열어 놓고 열어 놓으면 들이비치는 햇살이 아내의 화장대를 비쳐 가지각색 병들이 아롱이지면서 찬란하게 빛나고, 이렇게 빛나는 것을 보는 것은 다시없는 내 오락이다. 나는 쪼꼬만 돋보기를 꺼내가지고 아내만이 사용하는 지리가미를 꺼내 가지고 그을려 가면서 불장난을 하고 논다. 평행광선을 굴절시켜서 한 초점에 모아가지고 고 초점이 따근따근해지다가, 마지막에는 종이를 그을리기 시작하고 가느다란 연기를 내면서 드디어 구멍을 뚫어 놓는데까지 이르는, 고 얼마 안 되는 동안의 초조한 맛이 죽고 싶을 만큼 내
휴지

게는 재미있었다.

　이 장난이 싫증이 나면 나는 또 아내의 손잡이 거울을 가지고 여러가지로 논다. 거울이란 제 얼굴을 비칠 때만 실용품이다. 그 외의 경우에는 도무지 장난감인 것이다.

　이 장난도 곧 싫증이 난다. 나의 유희심은 육체적인 데서 정신적
놀이에 대한 마음
인 데로 비약한다. 나는 거울을 내던지고 아내의 화장대 앞으로 가까이 가서 나란히 늘어 놓인 고 가지각색의 화장품 병들을 들여다 본다. 고것들은 세상의 무엇보다도 매력적이다. 나는 그 중의 하나만을 골라서 가만히 마개를 빼고 병 구멍을 내 코에 가져다대고 숨죽이듯이 가벼운 호흡을 하여 본다. 이국적인 센슈얼한 향기가 폐
감각적인, 관능적인
로 스며들면 나는 저절로 스르르 감기는 내 눈을 느낀다. 확실히 아내의 체취의 파편이다. 나는 도로 병마개를 막고 생각해 본다. 아내의 어느 부분에서 요 냄새가 났던가를…… 그러나 그것은 분명하지 않다. 왜? 아내의 체취는 여기 늘어섰는 가지각색 향기의 합계일 것이니까.

　아내의 방은 늘 화려하였다. 내 방이 벽에 못 한 개 꽂히지 않은 소박한 것인 반대로, 아내 방에는 천장 밑으로 쫙 돌려 못이 박히고 못마다 화려한 아내의 치마와 저고리가 걸렸다. 여러 가지 무늬가 보기 좋다. 나는 그 여러 조각의 치마에서 늘 아내의 동체와 그 동체

---

14 무기력한 나에 대한 조소(비웃음)를 반어적으로 표현하고 있음.
15 아내와 화해나 소통없이 영구적으로 나란히 병행할 것을 암시.
16 나의 무기력과 자폐적 성격을 나타냄.

가 될 수 있는 여러 가지 포즈를 연상하고 연상하면서 내 마음은 늘 점잖지 못하다.

그렇건만 나에게는 옷이 없었다. 아내는 내게 옷을 주지 않았다. 입고 있는 코르덴 양복 한 벌이 내 자리옷이었고 통상복과 나들이 옷을 겸한 것이었다. 그리고 하이 넥의 스웨터가 한 조각 사철을 통한 내 내의다. 그것들은 하나같이 다 빛이 검다. 그것은 내 짐작 같아서는 즉 빨래를 될 수 있는 데까지 하지 않아도 보기 싫지 않게 하기 위한 것이 아닌가 한다. 나는 허리와 두 가랑이 세 군데 다 고무 밴드가 끼어 있는 부드러운 사루마다를 입고 °그리고 아무 소리 없이 잘 놀았다.[17]

목까지 깃이 올라오는 옷

짧은 속옷

어느덧 손수건 만해졌던 볕이 나갔는데 아내는 외출에서 돌아오지 않는다. 나는 요만 일에도 좀 피곤하였고, 또 아내가 돌아오기 전에 내 방으로 가 있어야 될 것을 생각하고 그만 내 방으로 건너간다. 내 방은 침침하다. 나는 이불을 뒤집어쓰고 낮잠을 잔다. 한 번도 건은 일이 없는 내 이부자리는 내 몸뚱이의 일부분처럼 내게는 참 반갑다. 잠은 잘 오는 적도 있다. 그러나 또 전신이 까칫까칫하면서 영 잠이 오지 않는 적도 있다. 그런 때는 아무 제목으로나 제목을 하나 골라서 연구하였다. °나는 내 좀 축축한 이불 속에서 참 여러 가지 발명도 하였고 논문도 많이 썼다.[18] 시도 많이 지었다. 그러나 그것들은 내가 잠이 드는 것과 동시에 내 방에 담겨서 철철 넘치는 그 흐늑흐늑한 공기에 다 비누처럼 풀어져서 온 데 간 데 없고, 한잠 자고 깨인 나는 속이 무명 헝겊이나 메밀 껍질로 띵띵 찬 한 덩어리 베개와도 같은 한 벌 신경이었을 뿐이고 뿐이고 하였다.

그러기에 나는 빈대가 무엇보다도 싫었다. 그러나 내 방에서는 겨울에도 몇 마리의 빈대가 끊이지 않고 나왔다. 내게 근심이 있었다면 오직 이 빈대를 미워하는 근심일 것이다. 나는 빈대에게 물려서 가려운 자리를 피가 나도록 긁었다. 쓰라리다. °그것은 그윽한 쾌감에 틀림없었다.[19] 나는 혼곤히 잠이 든다.

나는 그러나 그런 이불 속의 사색 생활에서도 적극적인 것을 궁리하는 법이 없다. 내게는 그럴 필요가 대체 없었다. 만일 내가 그런 좀 적극적인 것을 궁리해내었을 경우에 나는 반드시 내 아내와 의논하여야 할 것이고, 그러면 반드시 나는 아내에게 꾸지람을 들을 것이고 — 나는 꾸지람이 무서웠다느니보다는 성가셨다. 내가 제법 한 사람의 사회인의 자격으로 일을 해 보는 것도, 아내에게 사설듣 는 것도.

<small>잔소리</small>

나는 가장 게으른 동물처럼 게으른 것이 좋았다. 될 수만 있으면 이 무의미한 인간의 탈을 벗어 버리고도 싶었다.

나에게는 인간 사회가 스스러웠다. 생활이 스스러웠다. 모두가 서먹서먹할 뿐이었다.

<small>조심스러웠다</small>

발단 아내와 다른 방을 쓰면서 아무 말도 하지 않는 나

아내는 하루에 두 번 세수를 한다. 나는 하루 한 번도 세수를 하지 않는다. 나는 밤중 세 시나 네 시쯤 해서 변소에 갔다. °달이 밝은 밤

---

17 여기서 '아무 소리 없이 잘 놀았다'는 자기 모독, 자신을 부정하는 행위를 표현한 것임.
18 '나'의 상상적이고 공상적인 인물적 특징이 나타나 있음.
19 정신 분열적 양상을 나타냄.

에는 한참씩 마당에 우두커니 섰다가 들어오곤 한다.[20]

그러니까 나는 이 18가구의 아무도 얼굴이 마주치는 일이 거의 없다. 그러면서도 나는 이 18가구의 젊은 여인네 얼굴들을 거반 다 기억하고 있었다. 그들은 하나 같이 내 아내만 못하였다.

열한 시쯤 해서 하는 아내의 첫번 세수는 좀 간단하다. 그러나 저녁 일곱 시쯤 해서 하는 두 번째 세수는 손이 많이 간다. 아내는 낮에 보다도 밤에 더 좋고 깨끗한 옷을 입는다. 그리고 *낮에도 외출하고 밤에도 외출하였다.[21]

아내에게 직업이 있었던가? 나는 아내의 직업이 무엇인지 알 수 없다. 만일 아내에게 직업이 없었다면 같이 직업이 없는 나처럼 외출할 필요가 생기지 않을 것인데 아내는 외출한다. 외출할 뿐만 아니라 *내객[22]이 많다. 아내에게 내객이 많은 날은 나는 온종일 내 방에서 이불을 쓰고 누워 있어야만 된다.

불장난도 못한다. 화장품 냄새도 못 맡는다. 그런 날은 나는 의식적으로 우울해 하였다. 그러면 아내는 나에게 돈을 준다. 50전짜리 은화다. 나는 그것이 좋았다. 그러나 그것을 무엇에 써야 옳을지 몰라서 늘 머리맡에 던져두고 두고 한 것이 어느 결에 모여서 꽤 많아졌다 어느 날 이것을 본 아내는 금고처럼 생긴 벙어리를 사다 준다.
_{저금통}

나는 한 푼씩 한 푼씩 그 속에 넣고 열쇠는 아내가 가져갔다. 그 후에도 나는 더러 은화를 그 벙어리에 넣은 것을 기억한다. 그리고 나는 게을렀다. 얼마 후 아내의 머리 쪽에 보지 못하던 누깔잠이 하나 여드름처럼 돋았던 것은 바로 그 금고형 벙어리의 무게가 가벼워졌다는 증거일까. 그러나 나는 드디어 머리맡에 놓았던 그 벙어
_{비녀의 일종}

리에 손을 대지 않고 말았다. 내 게으름은 그런 것에 내 주의를 환기

시키기도 싫었다.

　아내에게 내객이 있는 날은 이불 속으로 암만 깊이 들어가도 비

오는 날만큼 잠이 잘 오지 않았다. 나는 그런 때 나에게 왜 늘 돈이

있나, 왜 돈이 많은가를 연구했다.

　내객들은 장지 저쪽에 내가 있는 것을 모르나보다. 내 아내와 나

방과 방 사이에 칸을 막아 끼우는 문

도 좀 하기 어려운 농을 아주 서슴지 않고 쉽게 해 던지는 것이다.

그러나 내 아내를 찾은 서너 사람의 내객들은 늘 비교적 점잖았다

고 볼 수 있는 것이, 자정이 좀 지나면 으레 돌아들 갔다. 그들 가운

데에는 퍽 교양이 얕은 자도 있는 듯싶었는데, 그런 자는 보통 음식

을 사다 먹고 논다. 그래서 보충을 하고 대체로 무사하였다.

　나는 위선 아내의 직업이 무엇인가를 연구하기에 착수하였으나

우선

좁은 시야와 부족한 지식으로는 이것을 알아내기 힘이 든다. 나는

끝끝내 내 아내의 직업이 무엇인가를 모르고 말려나 보다.

　아내는 늘 진솔 버선만 신었다. 아내는 밥도 지었다. 아내가 밥을

한 번도 빨지 않은 새것

짓는 것을 나는 한 번도 구경한 일은 없으나 언제든지 끼니때면 내

방으로 내 조석밥을 날라다 주는 것이다. 우리 집에는 나와 내 아내

아침밥

외의 다른 사람은 아무도 없다. 이 밥은 분명 아내가 손수 지었음에

---

20 화자인 '나'의 성격이 폐쇄적 성격이긴 하나 감수성이 예민함을 나타냄.

21 아내의 직업이 창녀임을 암시.

22 내객은 손님. 내객은 '나'의 유희의 자유를 박탈하고, '나'를 유폐시키고, 세계와의 절

　연을 심화시키는 존재임.

틀림없다.

그러나 아내는 한 번도 나를 자기 방으로 부른 일은 없다. 나는 늘 윗방에서나 혼자서 밥을 먹고 잠을 잤다. 밥은 너무 맛이 없었다. 반찬이 너무 엉성하였다. 나는 닭이나 강아지처럼 말없이 주는 모이를 넓적넓적 받아먹기는 했으나 내심 야속하게 생각한 적도 더러 없지 않다. 나는 안색이 여지없이 창백해가면서 말라 들어갔다. 나날이 눈에 보이듯이 기운이 줄어들었다. 영양 부족으로 하여 몸뚱이 곳곳이 뼈가 불쑥불쑥 내어 밀었다. 하룻밤 사이에도 수십 차를 돌쳐 눕지 않고는 여기저기가 배겨서 나는 배겨낼 수가 없었다.

그렇기 때문에 나는 내 이불 속에서 아내가 늘 흔히 쓸 수 있는 저 돈의 출처를 탐색해 내는 일변 장지 틈으로 새어나오는 아랫방의 음성은 무엇일까를 간단히 연구하였다. 나는 잠이 잘 안 왔다.

깨달았다. 아내가 쓰는 그 돈은 그, 내게는 다만 실없는 사람들로밖에 보이지 않는 까닭 모를 내객들이 놓고 가는 것이 틀림없으리라는 것을 깨달았다. 그러나 왜 그들 내객은 돈을 놓고 가나, 왜 내 아내는 그 돈을 받아야 되나? 하는 예의 관념이 내게는 도무지 알 수 없는 것이었다.

그것은 그저 예의에 지나지 않는 것일까? 그렇지 않으면 혹 무슨 대가일까. 보수일까. 내 아내가 그들의 눈에는 동정을 받아야만 할 한 가엾은 인물로 보였던가.

이런 것들을 생각하노라면 으레 내 머리는 그냥 혼란하여버리고 버리고 하였다. 잠들기 전에 획득했다는 결론이 오직 불쾌하다는 것뿐이었으면서도 나는 그런 것을 아내에게 물어 보거나 한 일이 참 한 번도 없다. 그것은 대체 귀찮기도 하려니와 한잠 자고 일어나는 나는 사뭇 딴 사람처럼 이것도 저것도 다 깨끗이 잊어버리고 그만두는 까닭이다.

내객들이 돌아가고, 혹 외출에서 돌아오고 하면 아내는 경편한 것으로 옷을 바꾸어 입고 내 방으로 나를 찾아온다. 그리고 이불을 들치고 내 귀에는 영 생동생동한 몇 마디 말로 나를 위로하려든다. 나는 조소도 고소도 홍소도 아닌 웃음을 얼굴에 띠고 아내의 아름다운 얼굴을 쳐다본다. 아내는 방그레 웃는다. °그러나 그 얼굴에 떠도는 일말의 애수를 나는 놓치지 않는다.[23]

<small>조소도 고소도</small>
<small>비웃음   쓴웃음   입을 크게 벌리고 웃는 웃음</small>
<small>애수</small>
<small>슬픔</small>

아내는 능히 내가 배고파하는 것을 눈치챌 것이다. 그러나 아랫방에서 먹고 남은 음식을 나에게 주려 들지는 않는다. 그것은 어디까지든지 나를 존경하는 마음일 것임에 틀림없다. 나는 배가 고프면서도 적이 마음이 든든한 것을 좋아했다. 아내가 무엇이라고 지껄이고 갔는지 귀에 남아 있을 리가 없다. 다만 내 머리맡에 아내가 놓고 간 은화가 전등불에 흐릿하게 빛나고 있을 뿐이다.

고 금고형 벙어리 속에 은화가 얼마만큼이나 모였을까. 나는 그러나 그것을 쳐들어 보지 않았다. 그저 아무런 의욕도 기원도 없이 그 단추구멍처럼 생긴 틈바구니로 은화를 떨여뜨려둘 뿐이었다.

<small>떨여뜨려둘</small>
<small>집어넣어둠</small>

왜 아내의 내객들이 아내에게 돈을 놓고 가나 하는 것이 풀 수 없는 의문인 것같이, 왜 아내는 나에게 돈을 놓고 가나 하는 것도

---

23 '나'는 비정상적인 인물이면서도 관찰력이 날카로움.

역시 나에게는 똑같이 풀 수 없는 의문이었다. 내 비록 아내가 내게 돈을 놓고 가는 것이 싫지 않았다 하더라도 그것은 다만 고것이 내 손가락 닿는 순간에서부터 고 벙어리 주둥이에서 자취를 감추기까지의 하잘것없는 짧은 촉각이 좋았달 뿐이지 그 이상 아무 기쁨도 없다.

어느 날 나는 고 벙어리를 변소에 갖다 넣어 버렸다. 그 때 벙어리 속에는 몇 푼이나 되는지 모르겠으나 고 은화들이 꽤 들어 있었다.

나는 내가 지구 위에 살며 내가 이렇게 살고 있는 지구가 질풍신
_{빠른 바람과 번개}
뢰의 속력으로 광대무변의 공간을 달리고 있다는 것을 생각했을 때
_{크고 넓어 끝이 없음}
참 허망하였다. 나는 이렇게 부지런한 지구 위에서는 현기증도 날 것 같고 해서 한시바삐 내려 버리고 싶었다.

이불 속에서 이런 생각을 하고 난 뒤에는 나는 고 은화를 고 벙어리에 넣고 넣고 하는 것조차 귀찮아졌다. 나는 아내가 손수 벙어리를 사용하였으면 하고 희망하였다. 벙어리도 돈도 사실은 아내에게만 필요한 것이지 내게는 애초부터 의미가 전연 없는 것이었으니까 될 수만 있으면 그 벙어리를 아내는 아내 방으로 가져갔으면 하고 기다렸다. 그러나 아내는 가져가지 않는다. 나는 내가 아내 방으로 가져다 둘까 하고 생각하여 보았으나 그 즈음에는 아내의 내객이 워낙 많아서 내가 아내 방에 가 볼 기회가 도무지 없었다. 그래서 나는 하는 수 없이 변소에 갖다 집어넣어 버리고 만 것이다.

나는 서글픈 마음으로 아내의 꾸지람을 기다렸다. 그러나 아내는

끝내 아무 말도 하지 않았다.

않았을 뿐 아니라 여전히 돈은 돈대로 머리맡에 놓고 가지 않나? 내 머리맡에는 어느덧 은화가 꽤 많이 모였다.

내객이 아내에게 돈을 놓고 가는 것이나 아내가 내게 돈을 놓고 가는 것이나 일종의 쾌감 — 그 외의 다른 아무런 이유도 없는 것이 아닐까 하는 것을 나는 또 이불 속에서 연구하기 시작하였다. 쾌감이라면 어떤 종류의 쾌감일까를 계속하여 연구하였다. 그러나 그것은 이불 속의 연구로는 알 길이 없었다. 쾌감, 쾌감, 하고 나는 뜻밖에도 이 문제에 대해서만 흥미를 느꼈다.

아내는 물론 나를 늘 감금하여 두다시피 하여 왔다. 내게 불평이 있을 리 없다. 그런 중에도 나는 그 쾌감이라는 것의 유무를 체험하고 싶었다.

나는 아내의 밤 *외출²⁴ 틈을 타서 밖으로 나왔다. 나는 거리에서 잊어버리지 않고 가지고 나온 은화를 지폐로 바꾼다. 5원이나 된다. 그것을 주머니에 넣고 나는 목적지를 잃어버리기 위하여 얼마든지 거리를 쏘다녔다. 오래간만에 보는 거리는 거의 경이에 가까울 만큼 내 신경을 흥분시키지 않고는 마지않았다. 나는 금시에 피곤하여 버렸다. 그러나 나는 참았다. 그리고 밤이 이슥하도록 까닭을 잃어버린 채 이 거리 저 거리로 지향없이 헤매었다. 돈은 물론 한 푼도

---

24 '외출'은 주인공이 갈등 해소를 위해 시도하는 행동으로 본격적인 사건 진행을 의미함.

1900년대 충무로 풍경이다. '나'는 아내의 밤 외출을 틈타 밤거리를 정처 없이 떠돈다.

쓰지 않았다. 돈을 쓸 아무 엄두도 나서지 않았다. °나는 벌써 돈을 쓰는 기능을 완전히 상실한 것 같았다.[25]

나는 과연 피로를 이 이상 견디기가 어려웠다. 나는 가까스로 내 집을 찾았다. °나는 내 방을 가려면 아내 방을 통과하지 않으면 안 될 것[26]을 알고, 아내에게 내객이 있나 없나를 걱정하면서 미닫이 앞에서 좀 거북살스럽게 기침을 한 번 했더니, 이것은 참 또 너무도 암상스럽게 미닫이가 열리면서 아내의 얼굴과 그 등 뒤에 낯선 남
<small>남을 미워하고 시샘하는 심술</small>
자의 얼굴이 이쪽을 내다보는 것이다. 나는 별안간 내어 쏟아지는 불빛에 눈이 부셔서 좀 머뭇머뭇했다.

나는 아내의 눈초리를 못 본 것은 아니다. 그러나 나는 모른 체하는 수밖에 없었다. 왜? 나는 어쨌든 아내의 방을 통과하지 아니하면 안 되니까…….

나는 이불을 뒤집어썼다. 무엇보다도 다리가 아파서 견딜 수가 없었다. 이불 속에서는 가슴이 울렁거리면서 암만해도 까무러칠 것만 같았다. 걸을 때는 몰랐더니 숨이 차다. 등에 식은땀이 쭉 내밴다. 나는 외출한 것을 후회하였다. 이런 피로를 잊고 어서 잠이 들었으면 좋았다. 한잠 잘 자고 싶었다.

얼마 동안이나 비스듬히 엎드려 있었더니 차츰차츰 뚝딱거리는 가슴 동계가 가라앉는다. 그만해도 위선 살 것 같았다. 나는 몸을 들
<small>심장이 뜀</small>
쳐 반듯이 천장을 향하여 눕고 쭈욱 다리를 뻗었다.

---

25 현실과 단절된 상황을 나타냄.
26 화자인 '나'가 현실과 불가피하게 관계를 맺으며 살아가야 함을 암시함.

그러나 나는 또 다시 가슴의 동기를 피할 수 없게 되었다. 아랫방에서 아내와 그 남자의 내 귀에도 들리지 않을 만큼 낮은 목소리로 소곤거리는 기척이 장지 틈으로 전하여 왔던 것이다. 청각을 더 예민하게 하기 위하여 나는 눈을 떴다. 그리고 숨을 죽였다. 그러나 그 때는 벌써 아내와 남자는 앉았던 자리를 툭툭 털며 일어섰고 일어서면서 옷과 모자 쓰는 기척이 나는 듯하더니 이어 미닫이가 열리고 구두 뒤축 소리가 나고 그리고 뜰에 내려서는 소리가 쿵 하고 나면서 뒤를 따르는 아내의 고무신 소리가 두어 발짝 찍찍 나고 사뿐사뿐 나나 하는 사이에 두 사람의 발소리가 대문 쪽으로 사라졌다.

나는 아내의 이런 태도를 본 일이 없다. 아내는 어떤 사람과도 결코 소곤거리는 법이 없다. 나는 윗방에서 이불을 쓰고 누웠는 동안에도 혹 술이 취해서 혀가 잘 돌아가지 않는 내객들의 담화는 더러 놓치는 수가 있어도 아내의 높지도 낮지도 않은 말소리는 일찌기 한 마디도 놓쳐 본 일이 없다. 더러 내 귀에 거슬리는 소리가 있어도 나는 그것이 태연한 목소리로 내 귀에 들렸다는 이유로 충분히 안심이 되었다.

그렇던 아내의 이런 태도는 필시 그 속에 여간하지 않은 사정이 있는 듯시피 생각이 되고 내 마음은 좀 서운했으나 그보다도 나는 좀 너무 피로해서 오늘만은 이불 속에서 아무 것도 연구하지 않기로 굳게 결심하고 잠을 기다렸다. 잠은 좀처럼 오지 않았다. 대문간에 나간 아내도 좀처럼 들어오지 않았다. 그러는 동안에 흐지부지 나는 잠이 들어 버렸다. 꿈이 얼쑹덜쑹 종을 잡을 수 없는 거리의 풍경을 여전히 헤매었다.

나는 몹시 흔들렸다. 내객을 보내고 들어온 아내가 잠든 나를 잡아 흔드는 것이다. 나는 눈을 번쩍 뜨고 아내의 얼굴을 쳐다보았다. 아내의 얼굴에는 웃음이 없다. 나는 좀 눈을 비비고 아내의 얼굴을 자세히 보았다. 노기가 눈초리에 떠서 얇은 입술이 바르르 떨린다. 좀처럼 이 노기가 풀리기는 어려울 것 같았다. 나는 그대로 눈을 감아 버렸다. 벼락이 내리기를 기다린 것이다. 그러나 쌔근하는 숨소리가 나면서 부스스 아내의 치맛자락 소리가 나고 장지가 여닫히며 아내는 아내 방으로 돌아갔다. 나는 다시 몸을 돌쳐 이불을 뒤집어쓰고는 개구리처럼 엎드리고 엎드려서 배가 고픈 가운데도 오늘 밤의 외출을 또 한 번 후회하였다.

전개 아내가 주는 은화와 어느 날 외출을 하게 된 나

나는 이불 속에서 아내에게 사죄하였다. 그것은 네 오해라고…….

나는 사실 밤이 퍽이나 이슥한 줄만 알았던 것이다. 그것이 네 말마따나 자정 전인지는 정말이지 꿈에도 몰랐다. 나는 너무 피곤하였다. 오래간만에 나는 너무 많이 걸은 것이 잘못이다. 내 잘못이라면 잘못은 그것밖에 없다. 외출은 왜 하였더냐고?

나는 그 머리맡에 저절로 모인 5원 돈을 아무에게라도 좋으니 주어 보고 싶었던 것이다. 그 뿐이다. 그러나 그것도 내 잘못이라면 나는 그렇게 알겠다. 나는 후회하고 있지 않나?

내가 그 5원 돈을 써 버릴 수가 있었던들 나는 자정 안에 집에 돌아올 수 없었을 것이다. *그러나 거리는 너무 복잡하였고 사람은 너무도 들끓었다.[27] 나는 어느 사람을 붙들고 그 5원 돈을 내어 주어야 할지 갈피를 잡을 수가 없었다. 그러는 동안에 나는 여지없이 피곤해 버리고 말았던 것이다.

나는 무엇보다도 좀 쉬고 싶었다. 눕고 싶었다. 그래서 나는 하는 수 없이 집으로 돌아온 것이다. 내 짐작 같아서는 밤이 어지간히 늦은 줄만 알았는데 그것이 불행히도 자정 전이었다는 것은 참 안된 일이다. 미안한 일이다. 나는 얼마든지 사죄하여도 좋다. 그러나 종시 아내의 오해를 풀지 못하였다 하면 내가 이렇게까지 사죄하는 보람은 그럼 어디 있나? 한심하였다.

°한 시간 동안을 나는 이렇게 초조하게 굴지 않으면 안 되었다.[28] 나는 이불을 홱 젖혀 버리고 일어나서 장지를 열고 아내 방으로 비칠비칠 달려갔던 것이다. 내게는 거의 의식이라는 것이 없었다. 나는 아내 이불 위에 엎드러지면서 바지 포켓 속에서 그 돈 5원을 꺼내 아내 손에 쥐어 준 것을 간신히 기억할 뿐이다.

이튿날 잠이 깨었을 때 나는 내 아내 방 아내 이불 속에 있었다. 이것이 이 33번지에서 살기 시작한 이래 내가 아내 방에서 잔 맨 처음이었다.

해가 들창에 훨씬 높았는데 아내는 이미 외출하고 벌써 내 곁에 있지는 않다. 아니! 아내는 엊저녁 내가 의식을 잃은 동안에 외출한 것인지도 모른다. 그러나 나는 그런 것을 조사하고 싶지 않았다. 다만 전신이 찌뿌드드한 것이 손가락 하나 꼼짝할 힘조차 없었다. 책보보다 좀 작은 면적의 볕이 눈이 부시다. 그 속에서 수없이 먼지가 흡사 미생물처럼 난무한다. 코가 콱 막히는 것 같다. 나는 다시 눈을 감고 이불을 푹 뒤집어쓰고 낮잠을 자기에 착수하였다. 그러나 코를 스치는 아내의 체취는 꽤 도발적이었다. 나는 몸을 여러 번 여러 번 비비꼬면서 아내의 화장대에 늘어선 고 가지각색 화장품 병들의 마개를 뽑았을 때 풍기는 냄새를 더듬느라고 좀처럼 잠이 들지 않는 것을 나는 어찌하는 수도 없었다.

견디다 못하여 나는 그만 이불을 걷어차고 벌떡 일어나서 내 방으로 갔다. 내 방에는 다 식어빠진 내 끼니가 가지런히 놓여 있는 것이다. 아내는 내 *모이²⁹를 여기다 두고 나간 것이다. 나는 위선 배가 고팠다. 한 숟갈을 입에 떠 넣었을 때 그 촉감은 참 너무도 냉회와
_{차가운 재}
같이 써늘하였다. 나는 숟갈을 놓고 내 이불 속으로 들어갔다. 하룻밤을 비워때린 내 이부자리는 여전히 반갑게 나를 맞아준다. 나는 내 이불을 뒤집어쓰고 이번에는 참 늘어지게 한잠 잤다. 잘 ─.

내가 잠을 깬 것은 전등이 켜진 뒤다. 그러나 아내는 아직도 돌아오지 않았나보다. 아니! 돌아왔다 또 나갔는지 알 수 없다. 그러나 그런 것을 삼고하여 무엇하나?
_{깊이 생각함}
정신이 한결 난다. 나는 밤일을 생각해 보았다. 그 돈 5원을 아내 손에 쥐어주고 넘겨졌을 때에 느낄 수 있었던 쾌감을 나는 무엇이라고 설명할 수가 없었다. 그러나 내객들이 내 아내에게 돈 놓고 가는 심리며 내 아내가 내게 돈 놓고 가는 심리의 비밀을 나는 알아낸 것 같아서 여간 즐거운 것이 아니다. 나는 속으로 빙그레 웃어 보았

---

27 사람과 사회를 기피하는 성격.
28 아내에게 속박되어 있기 때문에.
29 화자인 내가 사육당하고 있음을 나타냄.

다. 이런 것을 모르고 오늘까지 지내온 내 자신이 어떻게 우스꽝스럽게 보이는지 몰랐다. 나는 어깨춤이 났다.

따라서 나는 또 오늘 밤에도 외출하고 싶었다. 그러나 돈이 없다. 나는 또 엊저녁에 그 돈 5원을 한꺼번에 아내에게 주어 버린 것을 후회하였다. 또 고 벙어리를 변소에 갖다 처넣어 버린 것도 후회하였다. 나는 실없이 실망하면서 습관처럼 그 돈 5원이 들어 있던 내 바지 포켓에 손을 넣어 한 번 휘둘러보았다. 뜻밖에도 내 손에 쥐어지는 것이 있었다. 2원 밖에 없다. 그러나 많아야 맛은 아니다. 얼마간이고 있으면 된다. 나는 그만한 것이 여간 고마운 것이 아니었다.

나는 기운을 얻었다. 나는 그 단벌 다 떨어진 코르덴 양복을 걸치고 배고픈 것도 주제 사나운 것도 다 잊어버리고 활갯짓을 하면서 또 거리로 나섰다. 나서면서 나는 제발 시간이 화살 닫듯해서 자정이 어서 홱 지나 버렸으면 하고 조바심을 태웠다. 아내에게 돈을 주고 아내 방에서 자 보는 것은 어디까지든지 좋았지만 만일 잘못해서 자정 전에 집에 들어갔다가 아내의 눈총을 맞는 것은 그것은 여간 무서운 일이 아니었다. 나는 저물도록 길가 시계를 들여다보고 들여다보고 하면서 또 지향 없이 거리를 방황하였다. 그러나 이날은 좀처럼 피곤하지는 않았다. 다만 시간이 좀 너무 더디게 가는 것만 같아서 안타까웠다.

일각대문 대문간이 따로 없이 양쪽에 기둥을 세워 문짝을 단 대문.

*경성역(京城驛)[30] 시계가 확실히 자정을 지난 것을 본 뒤에 나는 집을 향하였다. 그날은 그 일각대문에서 아내와 아내의 남자가 이야기하고 섰는 것을 만났다. 나는 모른 체하고 두 사람 곁을

지나서 내 방으로 들어갔다. 뒤이어 아내도 들어왔다. 와서는 이 밤중에 평생 안 하던 쓰레질을 하는 것이었다. 조금 있다가 아내가 눕는 기척을 엿보자마자 나는 또 장지를 열고 아내 방으로 가서 그 돈

이 원을 아내 손에 덥석 쥐어 주고 그리고 — 하여간 그 이 원을 오늘 밤에도 쓰지 않고 도로 가져 온 것이 참 이상하다는 듯이 아내는 내 얼굴을 몇 번이고 엿보고 — 아내는 드디어 아무 말도 없이 나를 자기 방에 재워 주었다. 나는 이 기쁨을 세상의 무엇과도 바꾸고 싶지는 않았다. 나는 편히 잘 잤다.

이튿날도 내가 잠이 깨었을 때는 아내는 보이지 않았다. 나는 또 내 방으로 가서 피곤한 몸이 낮잠을 잤다.

내가 아내에게 흔들려 깨었을 때는 역시 불이 들어온 뒤였다. 아내는 자기 방으로 나를 오라는 것이다. 이런 일은 또 처음이다. 아내는 끊임없이 얼굴에 미소를 띠고 내 팔을 이끄는 것이다. 나는 이런 아내의 태도 이면에 엔간치 않은 음모가 숨어 있지나 않은가 하고 적이 불안을 느끼지 않을 수 없었다.

나는 아내의 하자는 대로 아내의 방으로 끌려갔다. 아내 방에는 저녁 밥상이 조촐하게 차려져 있는 것이다. 생각하여 보면 나는 이틀을 굶었다. 나는 지금 배고픈 것까지도 긴가민가 잊어버리고 어름어름하던 차다.

나는 생각하였다. 이 최후의 만찬을 먹고 나자마자 벼락이 내려

---

30 '역'은 열린 공간으로 폐쇄된 나의 '방'과 대조를 이룸.

도 나는 차라리 후회하지 않을 것을. 사실 나는 인간 세상이 너무나 심심해서 못 견디겠던 차다. 모든 것이 성가시고 귀찮았으나 그러나 불의의 재난이라는 것은 즐겁다. 나는 마음을 턱 놓고 조용히 아내와 마주 이 해괴한 저녁밥을 먹었다. 우리 부부는 이야기하는 법이 없었다. 밥을 먹은 뒤에도 나는 말이 없이 부스스 일어나서 내 방으로 건너가 버렸다. 아내는 나를 붙잡지 않았다. 나는 벽에 기대어 앉아서 담배를 한 대 피워 물고 그리고 벼락이 떨어질 테거든 어서 떨어져라 하고 기다렸다.

오 분! 십 분!

그러나 벼락은 내리지 않았다. 긴장이 차츰 풀어지기 시작한다. 나는 어느덧 오늘 밤에도 외출할 것을 생각하고 있었다. 돈이 있었으면 하고 생각하고 있었다.

그러나 돈은 확실히 없다. 오늘은 외출하여도 나중에 올 무슨 기쁨이 있나. 내 앞이 그저 아뜩하였다. 나는 화가 나서 이불을 뒤집어 쓰고 이리 뒹굴 저리 뒹굴 굴렀다. 금시 먹은 밥이 목으로 자꾸 치밀어 올라온다. 메스꺼웠다.

하늘에서 얼마라도 좋으니 왜 지폐가 소낙비처럼 퍼붓지 않나? 그것이 그저 한없이 야속하고 슬펐다. 나는 이렇게밖에 돈을 구하는 아무런 방법도 알지는 못했다. 나는 이불 속에서 좀 울었나 보다. 왜 돈이 없냐면서…….

그랬더니 아내가 또 내 방에를 왔다. 나는 깜짝 놀라 아마 이제서야 벼락이 내리려나 보다 하고 숨을 죽이고 *두꺼비[31] 모양으로 엎드려 있었다. 그러나 떨어진 입을 새어나오는 아내의 말소리는 참 부드러웠다. 정다웠다. 아내는 내가 왜 우는지를 안다는 것이다. 돈이 없어서 그러는 게 아니냐다. 나는 실없이 깜짝 놀랐다. 어떻게 사람의 속을 환하게 들여다 보는가 해서 나는 한편으로 슬그머니 겁도 안 나는 것은 아니었으나 저렇게 말하는 것을 보면 아마 내게 돈을 줄 생각이 있나 보다. 만일 그렇다면 오죽이나 좋은 일일까. 나는 이불 속에 뚤뚤 말린 채 고개도 들지 않고 아내의 다음 거동을 기다리고 있으니까, '옜소.' 하고 내 머리맡에 내려뜨리는 것은 그 가뿐한 음향으로 보아 지폐에 틀림없었다. 그리고 내 귀에다 대고 오늘을랑 어제보다도 늦게 돌아와도 좋다고 속삭이는 것이다. 그것은 어렵지 않다. 위선 그 돈이 무엇보다도 고맙고 반가웠다.

어쨌든 나섰다. 나는 좀 *야맹증[32]이다. 그래서 될 수 있는 대로 밝은 거리로 돌아다니기로 했다. 그리고는 경성역 일이등 대합실 한켠 티룸에를 들렀다. 그것은 내게는 큰 발견이었다. 거기는 위
다방
선 아무도 아는 사람이 안 온다. 설사 왔다가도 곧 돌아가니까 좋다. 나는 날마다 여기 와서 시간을 보내리라 속으로 생각하여 두었다.

제일 여기 시계가 어느 시계보다도 정확하리라는 것이 좋았다. 섣불리 서투른 시계를 보고 그것을 믿고 시간 전에 집에 돌아갔다가 큰 코를 다쳐서는 안 된다.

---

31 자신의 존재를 비하시키는 표현.
32 밤에 보지 못하는 질병. 폐쇄적 성격임을 나타냄.

나는 한 박스에 아무 것도 없는 것과 마주 앉아서 잘 끓은 커피를
칸막이 친 자리
마셨다. 총총한 가운데 여객들은 그래도 한 잔 커피가 즐거운가 보
바쁜   손님
다. 얼른얼른 마시고 무얼 좀 생각하는 것같이 담벼락도 좀 쳐다보
고 하다가 곧 나가 버린다. 서글프다. 그러나 내게는 이 서글픈 분
위기가 거리의 티룸들의 그 거추장스러운 분위기보다는 절실하
고 마음에 들었다. 이따금 들리는 날카로운 혹은 우렁찬 기적 소
리가 모짜르트보다도 더 가깝다. 나는 메뉴에 적힌 몇 가지 안 되는
음식 이름을 치읽고 내리읽고 여러 번 읽었다. 그것들은 아물아
물하는 것이 어딘가 내 어렸을 때 동무들 이름과 비슷한 데가 있
었다.

거기서 얼마나 내가 오래 앉았는지 정신이 오락가락하는 중에 객
이 슬며시 뜸해지면서 이 구석 저 구석 걷어치우기 시작하는 것을
보면 아마 닫는 시간이 된 모양이다. 열 한 시가 좀 지났구나, 여기
도 결코 내 안주의 곳은 아니구나, 어디 가서 자정을 넘길까? 두루
걱정을 하면서 나는 밖으로 나섰다. 비가 온다. 빗발이 제법 굵은 것
이 우비도 우산도 없는 나를 고생을 시킬 작정이다. 그렇다고 이런
괴이한 풍모를 차리고 이 홀에서 어물어물하는 수도 없고 에이 비
차림새
를 맞으면 맞았지 하고 그냥 나서 버렸다.

대단히 선선해서 견딜 수가 없다. 코르덴 옷이 젖기 시작하더니
나중에는 속속들이 스며들면서 추근거린다. 비를 맞아 가면서라도
견딜 수 있는 데까지 거리를 돌아다녀서 시간을 보내려 하였으나
인제는 선선해서 이 이상은 더 견딜 수가 없다. 오한이 자꾸 일어나
추워 몸이 떨림
면서 이가 딱딱 맞부딪는다.

나는 걸음을 재치면서 생각하였다. 오늘 같은 궂은 날도 아내에
게 내객이 있을라구? 없겠지, 하는 생각이 드는 것이다.
_{재촉하면서}

집으로 가야겠다. °아내에게 불행히 내객이 있거든 내 사정을 하
리라. 사정을 하면 이렇게 비가 오는 것을 눈으로 보고 알아주겠지.[33]

부리나케 와 보니까 그러나 아내에게는 내객이 있었다. 나는 너
무 춥고 척척해서 얼떨김에 노크 하는 것을 잊었다. 그래서 나는 보
면 °아내가 덜 좋아할 것[34]을 그만 보았다.

나는 감발자국 같은 발자국을 내면서 덤벙덤벙 아내 방을 디디고
_{천으로 발을 감싸는 것}
내 방으로 가서 쭉 빠진 옷을 활활 벗어 버리고 이불을 뒤썼다. 덜덜
덜덜 떨린다. 오한이 점점 더 심해 들어온다. 여전 땅이 꺼져 들어가
는 것만 같았다. 나는 그만 의식을 잃어버리고 말았다.

이튿날 내가 눈을 떴을 때 아내는 내 머리맡에 앉아서 제법 근심
스러운 얼굴이다. 나는 감기가 들었다. 여전히 으스스 춥고 또 골치
가 아프고 입에 군침이 도는 것이 씁쓸하면서 다리 팔이 척 늘어져
서 노곤하다.

아내는 내 머리를 쓱 짚어 보더니 약을 먹어야지 한다. 아내 손이
이마에 선뜻한 것을 보면 신열이 어지간한 모양인데 약을 먹는다면
해열제를 먹어야지 하고 속생각을 하자니까 아내는 따뜻한 물에 하
얀 °정제약[35] 네 개를 준다. 이것을 먹고 한잠 푹 자고 나면 괜찮다는

---

33 아내에게 종속되어 있음을 나타냄.
34 아내의 불륜 현장을 보게 됨.
35 대립과 갈등의 매개물.

것이다. 나는 널름 받아먹었다. 쌉싸름한 것이 짐작 같아서는 아마 아스피린인가 싶다. 나는 다시 이불을 쓰고 단번에 그냥 죽은 것처럼 잠이 들어 버렸다.

나는 콧물을 훌쩍훌쩍 하면서 여러 날을 앓았다. 앓는 동안에 끊이지 않고 그 정제약을 먹었다. 그러는 동안에 감기도 나았다. 그러나 입맛은 여전히 소태처럼 썼다.

위기 비를 맞고 감기에 걸린 나에게 아내가 아스피린을 줌

소태나무 열매와 나뭇진을 약재로 쓰는데 맛이 쓰다.

나는 차츰 또 외출하고 싶은 생각이 났다. 그러나 아내는 나더러 외출하지 말라고 이르는 것이다. 이 약을 날마다 먹고 그리고 가만히 누워 있으라는 것이다. 공연히 외출을 하다가 이렇게 감기가 들어서 저를 고생시키는 게 아니란다. 그도 그렇다. 그럼 외출을 하지 않겠다고 맹세하고 그 약을 연복(連服)하여 몸을 좀 보해 보리라고 나는 생각
연달아 복용
하였다.

나는 날마다 이불을 뒤집어쓰고 밤이나 낮이나 잤다. 유난스럽게 밤이나 낮이나 졸려서 견딜 수가 없는 것이다. °나는 이렇게 잠이 자꾸만 오는 것은 내가 몸이 훨씬 튼튼해진 증거라고 굳게 믿었다.[36]

나는 아마 한 달이나 이렇게 지냈나보다. 내 머리와 수염이 좀 너무 자라서 훗훗해서 견딜 수가 없어서 내 거울을 좀 보리라고 아내
답답해서
가 외출한 틈을 타서 나는 아내 방으로 가서 아내의 화장대 앞에 앉

아 보았다. 상당하다. 수염과 머리가 참 상당하였다. 오늘은 이발을 좀 하리라고 생각하고 겸사겸사 고 화장품 병들 마개를 뽑고 이것 저것 맡아 보았다. 한동안 잊어버렸던 향기 가운데서는 몸이 배배 꼬일 것 같은 체취가 전해 나왔다. 나는 아내의 이름을 속으로만 한 번 불러 보았다. '연심(連心)이.' 하고…….

오래간만에 돋보기 장난도 하였다. 거울 장난도 하였다. 창에 든 볕이 여간 따뜻한 것이 아니었다. 생각하면 오월이 아니냐.

나는 커다랗게 기지개를 한 번 켜 보고 아내 베개를 내려 베고 벌떡 자빠져서는 이렇게도 편안하고 즐거운 세월을 하느님께 흠씬 자랑하여 주고 싶었다. °나는 참 세상의 아무 것과도 교섭을 가지지 않는다.[37] 하느님도 아마 나를 칭찬할 수도 처벌할 수도 없는 것 같다.

그러나 다음 순간 실로 세상에도 이상스러운 것이 눈에 띄었다. 그것은 최면 약 °아달린[38] 갑이었다. 나는 그것을 아내의 화장대 밑에서 발견하고 그것이 흡사 아스피린처럼 생겼다고 느꼈다. 나는 그것을 열어 보았다. °꼭 네 개가 비었다.[39]

나는 오늘 아침에 네 개의 아스피린을 먹은 것을 기억하고 있었다. 나는 잤다. 어제도 그제도 그끄제도. 나는 졸려서 견딜 수가 없었다. 나는 감기가 다 나았는데도 아내는 내게 아스피린을 주었다. 내가 잠이 든 동안에 이웃에 불이 난 일이 있다. 그때에도 나는

---

36 반어적 표현으로 상황의 비극성을 심화시킴.
37 자폐적이고 폐쇄적인 성격.
38 최면제나 진정제로 쓰는 디에틸브롬아세틸 요소로 만든 약품. 인간성 상실을 상징함.
39 아내가 준 약이 수면제임이 밝혀짐. 사건 전환의 계기가 됨.

자느라고 몰랐다. 이렇게 나는 잤다. 나는 아스피린으로 알고 그럼 한 달 동안을 두고 아달린을 먹어 온 것이다. 이것은 좀 너무 심하다.

별안간 아뜩하더니 하마터면 나는 까무러칠 뻔하였다. 나는 그 아달린을 주머니에 넣고 집을 나섰다. °그리고 산을 찾아 올라갔다.[40] 인간 세상의 아무것도 보기가 싫었던 것이다. 걸으면서 나는 아무쪼록 아내에 관계되는 일은 일체 생각하지 않도록 노력하였다. 길에서 까무러치기 쉬우니까. 나는 어디라도 양지가 바른 자리를 하나 골라 자리를 잡아 가지고 서서히 아내에 관하여서 연구할 작정이었다. 나는 길가의 돌창, 핀 구경도 못한 진개나리꽃, 종달새, 돌 _{지저분한 도랑} 멩이도 새끼를 까는 이야기, 이런 것만 생각하였다. 다행히 길가에서 나는 졸도하지 않았다.

거기는 벤치가 있었다. 나는 거기 정좌하고 그리고 그 아스피린과 아달린에 관하여 연구하였다. 그러나 머리가 도무지 혼란하여 생각이 체계를 이루지 않는다. 단 오 분이 못 가서 나는 그만 귀찮은 생각이 번쩍 들면서 심술이 났다. 나는 주머니에서 가지고 온 아달린을 꺼내 남은 여섯 개를 한꺼번에 질경질경 씹어 먹어 버렸다. 맛이 익살맞다. 그리고 나서 나는 그 벤치 위에 가로 기다랗게 _{재미있다} 누웠다. 무슨 생각으로 내가 그 따위 짓을 했나? 알 수가 없다. 그저 그러고 싶었다. 나는 게서 그냥 깊이 잠이 들었다. 잠결에도 바위 틈으로 흐르는 물소리가 졸졸 하고 언제까지나 귀에 어렴풋이 들려 왔다.

내가 잠을 깨었을 때는 날이 환히 밝은 뒤다. 나는 거기서 일주야 _{하루 낮과 밤}

를 잔 것이다. 풍경이 그냥 노랗게 보인다. 그 속에서도 나는 번개처럼 아스피린과 아달린이 생각났다.

˚아스피린, 아달린, 아스피린, 아달린, 마르크, 말사스, 마도로스, 아스피린, 아달린…….[41]

아내는 한 달 동안 아달린을 아스피린이라고 속이고 내게 먹였다. 그것은 아내 방에서 이 아달린 갑이 발견된 것으로 미루어 증거가 너무나 확실하다.

무슨 목적으로 아내는 나를 밤이나 낮이나 재웠어야 됐나?

나를 밤이나 낮이나 재워 놓고, 그리고 아내는 내가 자는 동안에 무슨 짓을 했나?

나를 조금씩 조금씩 죽이려던 것일까?

그러나 또 생각하여 보면 내가 한 달을 두고 먹어 온 것이 아스피린이었는지도 모른다. 아내는 무슨 근심되는 일이 있어서 밤이면 잠이 잘 오지 않아서 정작 아내가 아달린을 사용한 것이나 아닌지, 그렇다면 나는 참 미안하다. 나는 아내에게 이렇게 큰 의혹을 가졌다는 것이 참 안됐다.

나는 그래서 부리나케 거기서 내려왔다. 아랫도리가 홰홰 내어저이면서 어찔어찔한 것을 나는 겨우 집을 향하여 걸었다. 여덟 시 가까이였다.

나는 내 잘못된 생각을 죄다 일러바치고 아내에게 사죄하려는 것

---

40 속악적이고 부정적인 현실에 대한 염증에서 벗어나려 함.
41 '아' 음이 들어 있는 언어의 나열로 혼란스런 의식 상태를 나타냄.

이다. 나는 너무 급해서 그만 또 말을 잊어버렸다.

그랬더니 이건 참 큰일났다. °나는 내 눈으로 절대로 보아서 안 될
것을 그만 딱 보아 버리고 만 것이다.[42] 나는 얼떨결에 그만 냉큼 미
닫이를 닫고 그리고 현기증이 나는 것을 진정시키느라고 잠깐 고개
를 숙이고 눈을 감고 기둥을 짚고 섰자니까 일 초 여유도 없이 확 미
닫이가 다시 열리더니 매무새를 풀어헤친 아내가 불쑥 내밀면서 내
멱살을 잡는 것이다. 나는 그만 어지러워서 게가 나둥그러졌다. 그
랬더니 아내는 넘어진 내 위에 덮치면서 내 살을 함부로 물어뜯는
것이다. 아파 죽겠다. 나는 사실 반항할 의사도 힘도 없어서 그냥 넙
적 엎드려 있으면서 어떻게 되나 보고 있자니까 뒤이어 남자가 나
오는 것 같더니 아내를 한아름에 덥석 안아 가지고 방으로 들어가
는 것이다. 아내는 아무 말 없이 다소곳이 그렇게 안겨 들어가는 것
이 내 눈에 여간 미운 것이 아니다. 밉다.

°아내는 너 밤새워 가면서 도둑질하러 다니느냐, 계집질하러 다
니느냐고 발악이다.[43] 이것은 참 너무 억울하다. 나는 어안이 벙벙
하여 도무지 입이 떨어지지를 않았다.

°너는 그야말로 나를 살해하려던 것이 아니냐고 소리를 한 번 꽥
질러 보고도 싶었으나[44] 그런 긴가민가한 소리를 섣불리 입 밖에 내
었다가는 무슨 화를 볼는지 알 수 있나. 차라리 억울하지만 잠자코
있는 것이 우선 상책인 듯싶이 생각이 들길래 나는 이것은 또 무슨
생각으로 그랬는지 모르지만 툭툭 털고 일어나서 내 바지 포켓 속
에 남은 돈 몇 원 몇 십 전을 가만히 꺼내서는 몰래 미닫이를 열고
살며시 문지방 밑에다 놓고 나서는, 나는 그냥 줄달음박질을 쳐서

나와 버렸다.

절정 아내의 불륜 현장 목격

여러 번 자동차에 치일 뻔하면서 나는 그래도 경성역으로 찾아갔다. 빈자리와 마주 앉아서 이 쓰디쓴 입맛을 거두기 위하여 무엇으로나 입가심을 하고 싶었다.

커피! 좋다. 그러나 경성역 홀에 한 걸음 들여 놓았을 때 나는 내 주머니에는 돈이 한 푼도 없는 것을, 그것을 깜박 잊었던 것을 깨달았다. 또 아뜩하였다. 나는 어디선가 그저 맥없이 머뭇머뭇하면서 어쩔 줄을 모를 뿐이었다. 얼빠진 사람처럼 그저 이리 갔다 저리 갔다 하면서…….

나는 어디로 어디로 들입다 쏘다녔는지 하나도 모른다. 다만 몇 시간 후에 내가 미쯔꼬시 옥상에 있는 것을 깨달았을 때는 거의 대낮이었다.

나는 거기 아무 데나 주저앉아서 내 자라 온 스물여섯 해를 회고하여 보았다. 몽롱한 기억 속에서는 이렇다는 아무 제목도 불거져 나오지 않았다.

미쯔꼬시 신세계 백화점 전신.

나는 또 내 자신에게 물어 보았다. 너는 인생에 무슨 욕심이 있느냐고, 그러나 있다고도 없다고도, 그런 대답은 하기가 싫었다. 나는

---

42 아내의 불륜 현장으로 아내와의 갈등이 최고조에 이름을 보여 줌.
43 적반하장(賊反荷杖). '도둑이 도리어 매를 든다'는 뜻.
44 아내에 대한 저항 의지.

거의 나 자신의 존재를 인식하기조차도 어려웠다.

허리를 굽혀서 나는 그저 *금붕어[45]를 들여다보고 있었다. 금붕
어는 참 잘들도 생겼다. 작은놈은 작은놈대로 큰놈은 큰놈대로 다
싱싱하니 보기 좋았다. 내려 비치는 오월 햇살에 금붕어들은 그릇
바탕에 그림자를 내려뜨렸다. 지느러미는 하늘하늘 손수건을 흔드
는 흉내를 낸다. 나는 이 지느러미 수효를 헤어 보기도 하면서 굽힌
허리를 좀처럼 펴지 않았다. 등이 따뜻하다.

나는 또 회탁의 거리를 내려다보았다. 거기서는 피곤한 생활이
똑 금붕어 지느러미처럼 흐늑흐늑 허우적거렸다. *눈에 보이지 않
는 끈적끈적한 줄[46]에 엉켜서 헤어나지들을 못한다. 나는 피로와
공복 때문에 무너져 들어가는 몸뚱이를 끌고 그 오탁의 거리 속으
로 섞여 가지 않는 수도 없다 생각하였다. 나서서 나는 또 문득 생각
하여 보았다. 이 발길이 지금 어디로 향하여 가는 것인가를……

그때 내 눈앞에는 아내의 모가지가 벼락처럼 내려 떨어졌다. 아
스피린과 아달린.

우리들은 서로 오해하고 있느니라. 설마 아내가 아스피린 대신에
아달린의 정량을 나에게 먹여 왔을까? 나는 그것을 믿을 수는 없다.
아내가 대체 그럴 까닭이 없을 것이니 그러면 나는 날밤을 새면서
도둑질을, 계집질을 하였나? 정말이지 아니다.

우리 부부는 숙명적으로 발이 맞지 않는 절름발이인 것이다. 내
나 아내나 제 거동에 로직을 붙일 필요는 없다. 변해(辨解)할 필요
도 없다. 사실은 사실대로 오해는 오해대로 그저 끝없이 발을 절뚝
거리면서 세상을 걸어가면 되는 것이다. 그렇지 않을까?

회색으로 탁함 (회탁)

논리 (로직)

변명 (변해)

그러나 나는 이 발길이 아내에게로 돌아가야 옳은가 이것만은 분간하기가 좀 어려웠다. 가야 하나? 그럼 어디로 가나?

이때 뚜 — 하고 정오 사이렌이 울었다. 사람들은 모두 네 활개를 펴고 닭처럼 푸드덕거리는 것 같고 온갖 유리와 강철과 대리석과 지폐와 잉크가 부글부글 끓고 수선을 떨고 하는 것 같은 찰나, 그야말로 현란을 극한 정오다.

나는 불현듯 겨드랑이가 가렵다. 아하, 그것은 내 인공의 °날개[47]가 돋았던 자국이다. 오늘은 없는 이 날개. 머릿속에서는 희망과 야심이 말소된 페이지가 °딕셔너리 넘어가듯 번뜩였다.[48] 나는 걷던
<u>사전</u>
걸음을 멈추고 그리고 일어나 한 번 이렇게 외쳐 보고 싶었다.

날개야 다시 돋아라.

°날자. 날자. 한 번만 더 날자꾸나.[49]

한 번만 더 날아 보자꾸나.

결말 자의식 회복을 위해 날개가 돋기를 염원함

출전 : 『조광(朝光)』, 1936

---

45 '나'와 동일시 된 존재.

46 현실과 필연적으로 관계 맺고 살아야 함을 의미함.

47 여기서 '날개'는 폐쇄적 삶에서 개방적 삶으로의 의식 전환을 나타냄.

48 나의 의식을 깨우는 소재.

49 본래적 인간성을 회복하고자 하는 의지 표현.

작품 줄거리

내 방은 아내의 방을 거쳐야 들어갈 수 있다. 내 방은 항상 음침하다. 나는 늘 잠을 자고 공상을 한다. 아내에게는 매일같이 손님이 온다. 아내가 외출을 하면 나는 그 틈을 타서 아내 방을 구경할 뿐이다.

아내는 은화 한 푼을 내 머리맡에 놓고 간다. 어느 날 나는 아내가 사다 준 벙어리(저금통)에 모아 둔 돈을 몽땅 변소에 던져 버린다. 벙어리에 돈을 넣는 것도 권태로웠기 때문이다.

하루는 거리로 외출을 한다. 번화한 거리를 걸으니 곧 피곤했으므로 생각하는 일조차 힘겨워 되돌아온다. 그때 아내의 불륜현장을 목격하지만, 오히려 내가 죄의식에 휩싸인다. 나는 아내 방에 들어가 돈을 주고 아내 방에서 처음으로 잠을 잔다. 며칠 뒤에도 그렇게 한다.

어느 날 나는 비를 함빡 맞아 감기로 앓아 눕는다. 나는 그 후 얼마 동안 아내가 주는 약을 먹고 잠들곤 한다. 며칠 후 나는 아내의 경대 위에서 수면제를 발견한다. 감기약이라면서 주던 약이 틀림없다. 나는 몹시 서운하다. 나는 그것을 가지고 산으로 간다. 이튿날 집에 돌아와 아내의 방을 지나려다 기어코 못 볼 것을 보고 만다. 나는 거리로 나와 미쓰꼬시로 간다. 거기서 나는 스물여섯 해를 돌아본다. 이 때 정오의 사이렌이 울린다. 불현듯 겨드랑이가 가려움을 느낀다. 내 인공의 날개가 돋았던 자국이다. 날자, 날자, 한 번만 더 날자꾸나. 나는 이렇게 외친다.

작가 파일

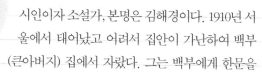

이상 1910~1937

시인이자 소설가, 본명은 김해경이다. 1910년 서
울에서 태어났고 어려서 집안이 가난하여 백부
(큰아버지) 집에서 자랐다. 그는 백부에게 한문을
배우고, 큰어머니에게 냉대를 받으며 어린 시절을 보냈다. 그의 이러
한 환경적 특성은 그의 작품에 불안의식과 자폐적 자아의식으로 표
출되고 있다. 1932년 『조선과 건축』에 시 「건축무한6면각체(建築無限
六面各體)」를 발표하여 이때부터 처음으로 '이상'이란 필명을 사용했
다. 그의 시들은 주로 일본어로 씌어져 있는데, 내용이나 형식이 실험
적이고 이색적이서 당시 문학계에 큰 충격을 주었다. 그는 1936년 『조
광(朝光)』에 단편소설 「날개」를 발표함으로써 시에서 시도했던 자의
식을 소설로 승화시켰다. 주요 작품으로 「오감도」 등이 있고, 소설 「날
개」, 「봉별기」, 「종생기」, 「지주회시」 등이 있다.

독후 활동

1 이 소설에서 '방'과 대조적인 의미를 갖는 말을 찾아보고, 각각의 말이 갖는 의미에 대해 말해 보자.

2 다음을 참고로 하여 소설「날개」에 대한 책 광고를 만들어 보자.

> ① "박제가 되어 버린 천재를 아시오?" 혹은 "날자. 날자. 한 번만 더 날자꾸나."라는 문장이 들어가도록
>
> ② '날개'의 사진이나 그림이 들어가도록
>
> ③ 20초 정도의 분량으로

1936년 『조광(朝光)』에 발표된 「메밀꽃 필 무렵」은 치밀한 구성과 독특한 시적

문체로 한국 단편소설의 수작으로 인정받고 있다.

짙은 향토적 서정과 인간과 자연의 합일(合一)을 통해 장돌뱅이들의 삶의 애환

을 담고 있는 이 소설은 허 생원과 나귀를 통해 인간 심리의 순수한 자연성을

표현하고 있다.

강원도 봉평에서 대화에 이르는 칠십 리 길을 공간적 배경으로 삼아, 그 길을 가

는 세 인물의 이야기를 통해 인간의 본원적 사랑을 드러내고 있다.

늙고 초라한 장돌뱅이 허 생원이 20여 년 전 정을 통한 처녀의 아들 동이를 친

자로 확인하는 과정이 달빛에 젖은 메밀꽃이 흐드러지게 피어 있는 밤길 묘사

와 어우러져 시적인 정취를 더해 준다.

우리는 이 소설에 나타난 길에서 평생을 다 보내는 장돌뱅이들의 삶의 애환을

이효석

메밀꽃 필 무렵

통해 작가가 말하고자 하는 바가 무엇인지 음미해 볼 필요가 있겠다.

핵심정리

갈래 순수소설. 서정소설
배경 시간 : 1920년대 어느 여름 낮부터 밤까지
　　　공간 : 봉평장에서 대화장까지 가는 길
시점 3인칭 전지적 작가 시점
주제 떠돌이 삶의 애환과 혈육의 정

<u>여름</u> 장이란 애시당초에 글러서, 해는 아직 중천에 있건만 장판
　처음부터
은 벌써 쓸쓸하고 더운 햇발이 벌려 놓은 전 휘장 밑으로 등줄기를
훅훅 볶는다. 마을 사람들은 거지반 돌아간 뒤요, 팔리지 못한 나무
꾼패가 길거리에 궁싯거리고들 있으나, 석유 병이나 받고 고기 마
　　　　　　　　　우물쭈물 서 있음
리나 사면 족할 이 <u>축</u>들을 바라고 언제까지든지 버티고 있을 법은
없다. 츱츱스럽게 날아드는 파리 떼도 장난꾼 각다귀들도 귀찮다.
　지저분하고 염치없게　　　　　　　　　다른 사람을 못 살게 구는 것들. 혹은 모기 따위
얼금뱅이요 왼손잡이인 드팀전의 허 생원은 기어코 동업의 조선달
　　　　　　　　　　　　　　　옷감을 파는 가게
을 낚아 보았다.

"그만 걷을까?"

"잘 생각했네. 봉평 장에서 한 번이나 <u>흐뭇하게</u> 사 본 일 있었을
　　　　　　　　　　　　　　　　흐뭇하게
까. 내일 대화 장에서나 한몫 벌어야겠네."

⦁"오늘 밤은 밤을 새서 걸어야 될 걸"[1]

"달이 뜨렷다."

등장인물

이 소설에는 허 생원, 조 선달, 동이가 등장한다.
허 생원은 늙은 장돌뱅이로 왼손잡이이자 얼굴이 얽은 곰보이다.
젊어서 재산을 날려 장돌뱅이로 떠돈다. 숫기(활발한 기운)가 없이
내성적인 성격이지만 투전을 하는 등 결기(욱하는 성질)가 있다.
먼 옛날의 사랑을 잊지 못하는 애틋한 인물이다.
조 선달은 허 생원의 친구로 역시 장돌뱅이이다.
그리고 동이는 장돌뱅이 총각으로
허 생원의 친자식으로 암시되는 인물이다.

절렁절렁 소리를 내며 조선달이 그날 산 돈을 따지는 것을 보고 허 생원은 말뚝에서 넓은 휘장을 걷고 벌여놓았던 물건을 거두기 시작하였다. 무명 필과 주단 바리가 두 고리짝에 꼭 찼다. 멍석 위에는 천 조각이 어수선하게 남았다.

고리짝

다른 축들도 벌써 거진 전들을 걷고 있었다. 약빠르게 떠나는 패도 있었다. 어물장수도, 땜장이도, 엿장수도, 생강장수도 꼴들이 보이지 않았다.
생선
내일은 진부와 대화에 장이 선다. 축들은 그 어느 쪽으로든지 밤을 새며 육칠십 리 밤길을 타박거리지 않으면 안 된다. *장판은 잔치 뒷마당같이 어수선하게 벌어지고 술집에서는 싸움이 터져 있었다. 주

---

1 앞으로 전개될 사건 암시.

정꾼 욕지거리에 섞여 계집의 앙칼진 목소리가 찢어졌다. 장날 저녁은 정해 놓고 계집의 고함 소리로 시작되는 것이다.[2]

"생원, 시침을 떼두 다 아네…… 충줏집 말야."

계집 목소리로 문득 생각난 듯이 조선달은 비죽이 웃는다.

"화중지병이지. 면소패들을 적수로 하구야 대거리가 돼야 말이
그림의 떡　　　　면사무소 패거리
지."

"그렇지두 않을 걸. 축들이 사족을 못 쓰는 것두 사실은 사실이나, 아무리 그렇다곤 해두 왜 그 동이 말일세, 감쪽같이 충줏집을 후린 눈치거든."

"무어, 그 애숭이가? 물건 가지고 낚었나 부지. 착실한 녀석인 줄 알었더니."

"그 길만은 알 수 있나…… 궁리말구 가 보세나 그려. 내 한턱
생각
씀세."

그다지 마음이 당기지 않는 것을 좇아갔다. 허 생원은 계집과는 연분이 멀었다. 얼금뱅이 상판을 쳐들고 대어설 숫기도 없었으나 계집 편에서 정을 보낸 적도 없었고, *쓸쓸하고 뒤틀린 반생이었
활발한 기운
다.[3] *충줏집을 생각만 하여도 철없이 얼굴이 붉어지고 발밑이 떨리고 그 자리에 소스라쳐 버린다.[4]

충줏집 문을 들어서 술좌석에서 짜장 동이를 만났을 때에는 어찌된 서슬엔지 발끈 화가 나버렸다. 상 위에 붉은 얼굴을 쳐들고 제법
과연
계집과 농탕치는 것을 보고서야 견딜 수 없었던 것이다. 녀석이 제
남녀가 음탕하게 놀아나는
법 난질꾼인데 꼴사납다. 머리에 피도 안 마른 녀석이 낮부터 술 처
오입장이
먹고 계집과 농탕이야. 장돌뱅이 망신만 시키고 돌아다니누나. 그

꼴에 우리들과 한몫 보자는 셈이지. 동이 앞에 막아 서면서부터 책

망이었다. 걱정두 팔자요 하는 듯이 빤히 쳐다보는 상기된 눈망울
<small>잘못하여 꾸짖음</small> <small>붉게 달아오른</small>
에 부딪칠 때, 결김에 따귀를 하나 갈겨 주지 않고는 배길 수 없었
<small>발끈하는 성미</small>
다. 동이도 화를 쓰고 팩하게 일어서기는 하였으나, 허 생원은 조금

도 동색하는 법 없이 마음먹은 대로는 다 지껄였다. "어디서 주워

먹은 선머슴인지는 모르겠으나, °네게도 애비 에미 있겠지.⁵ 그 사

나운 꼴 보문 맘 좋겠다. 장사란 탐탁하게 해야 되지. 계집이 다 무
<small>모양이나 태도가 마음에 듦</small>
어야, 나가거라 냉큼, 꼴 치워."

그러나 한마디도 대거리하지 않고 하염없이 나가는 꼴을 보려니,

도리어 측은히 여겨졌다. 아직도 서름서름한 사인데 너무 과하지
<small>서먹서먹한</small>
않았을까 하고 마음이 섯짓해졌다.

"주제도 넘지, 같은 술손님이면서도 아무리 젊다고 자식 낳게 되

는 것을 붙들고 치고 닦아세울 것은 무어야, 원."

충줏집은 입술을 쫑긋하고 술 붓는 솜씨도 거칠었으나, 젊은애들

한테는 그것이 약이 된다나 하고 그 자리는 조선달이 얼버무려 넘

겼다.

"너 녀석한테 반했지? 애숭이를 빨면 죄 된다."

한참 법석을 친 후이다. 담도 생긴데다가 웬일인지 흠뻑 취해 보
<small>뱃장도</small>
고 싶은 생각도 있어서, 허 생원은 주는 술잔이면 거의 다 들이켰다.

---

2 파장 풍경의 분위기 묘사.

3 허생원의 인생에 대한 요약 서술.

4 허생원의 성격이 내성적이고 소심함을 나타냄.

5 동이의 가정환경을 암시함.

거나해짐을 따라 계집 생각보다도 동이의 뒷일이 한결 같이 궁금해졌다. 내 꼴에 계집을 가로채서는 어떡할 작정이었누 하고, 어리석은 꼬락서니를 모질게 책망하는 마음도 한편에 있었다. 그러기 때문에 얼마나 지난 뒤인지 동이가 헐레벌떡거리며 황급히 부르러 왔을 때에는, 마시던 잔을 그 자리에 던지고 정신없이 허덕이며 충줏집을 뛰어나간 것이었다.

당나귀

"생원 당나귀가 바를 끊구 야단이에요."
"각다귀들 장난이지 필연코."

짐승도 짐승이려니와 동이의 마음씨가 가슴을 울렸다. 뒤를 따라 장판을 달음질하려니 거슴츠레한 눈이 뜨거워질 것 같다.

"부락스런 녀석들이라, 어쩌는 수 있어야죠."
버릇없는
"나귀를 몹시 구는 녀석들은 그냥 두지는 않는 걸."

반평생을 같이 지내 온 짐승이었다. 같은 주막에서 잠자고 같은 달빛에 젖으면서 장에서 장으로 걸어다니는 동안에 이십 년의 세월이 사람과 짐승을 함께 늙게 하였다. *가스러진 목 뒤 털은 주인의 머리털과도 같이 바스러지고, 개진개진 젖은 눈은 주인의 눈과 같이 눈꼽을 흘렸다.[6] 몽당비처럼 짧게 쓸린 꼬리는, 파리를 쫓으려고 기껏 휘저어 보아야 벌써 다리까지는 닿지 않았다. 닳아 없어진 굽을 몇 번이나 도려내고 새 철을 신겼는지 모른다. 굽은 벌써 더 자라나기는 틀렸고 닳아 버린 철 사이로는 피가 빼짓이 흘렀다. 냄새만 맡고도 주인을 분간하였다. 호소하는 목소리로 야단스럽게 울며 반겨한다.

어린아이를 달래듯이 목덜미를 어루만져 주니 나귀는 코를 벌름

거리고 입을 투루루거렸다. 콧물이 튀었다. 허생원은 짐승 때문에 속도 무던히는 썩였다. 아이들의 장난이 심한 눈치여서 땀 배인 몸뚱어리가 부들부들 떨리고 좀체 흥분이 식지 않는 모양이었다. 굴레가 벗어지고 안장도 떨어졌다. 요 몹쓸 자식들 하고 허 생원은 호령을 하였으나 패들은 벌써 줄행랑을 논 뒤요 몇 남지 않은 아이들이 호령에 놀라 비슬비슬 멀어졌다.

●"우리들 장난이 아니우. 암놈을 보고 저 혼자 발광이지."[7]

코흘리개 한 녀석이 멀리서 소리를 쳤다.

"고 녀석 말투가."

"김첨지 당나귀가 가 버리니까 왼통 흙을 차고 거품을 흘리면서 미친 소같이 날뛰는걸. 꼴이 우스워 우리는 보고만 있었다우. 배를 좀 보지."

아이는 앵돌아진 투로 소리를 치며 깔깔 웃었다. ●허 생원은 모르는 결에 낯이 뜨거워졌다.[8] 뭇 시선을 막으려고 그는 짐승의 배 앞을 가려 서지 않으면 안 되었다.

"늙은 주제에 암새를 내는 셈야, 저놈의 즘생이."
　　　　　　암컷을 밝힘　　　　　　　　　짐승
아이의 웃음소리에 허생원은 주춤하면서 기어코 견딜 수 없어 채찍을 들더니 아이를 쫓았다.

"쫓으려거든 쫓아 보지. 왼손잡이가 사람을 때려."

---

6 나귀에 대한 묘사를 통해 허 생원이 처지를 암시함.

7 에로티시즘(남녀 간의 애욕이나 관능적인 사랑)적인 표현. 동물의 성(性)을 통해 인간의 성 표현.

8 허생원 자신의 모습과 행동이 나귀와 닮아 있음을 느끼며 부끄러워 함.

줄달음에 달아나는 °각다귀⁹에는 당하는 재주가 없었다. °왼손잡이¹⁰는 아이 하나도 후릴 수 없다. 그만 채찍을 던졌다. 술기도 돌아 몸이 유난스럽게 화끈거렸다.

술기운

"그만 떠나세. 녀석들과 어울리다가는 한이 없어. 장판의 각다귀들이란 어른보다도 더 무서운 것들인 걸"

조선달과 동이는 각각 제 나귀에 안장을 얹고 짐을 싣기 시작하였다. 해가 꽤 많이 기울어진 모양이었다.

발단 인물과 배경 소개

드팀전 장돌이를 시작한 지 이십 년이나 되어도 허 생원은 봉평 장을 빼 논 적은 드물었다. 충주·제천 등의 이웃 군에도 가고 멀리 영남 지방도 헤매이기는 하였으나 강릉쯤에 물건 하러 가는 외에는 처음부터 끝까지 군내를 돌아다녔다. 닷새만큼씩의 장날에는 달보다도 확실하게 면에서 면으로 건너간다. 고향이 청주라고 자랑삼아 말하였으나, 고향에 돌보러 간 일도 있는 것 같지는 않았다. 장에서 장으로 가는 길의 아름다운 강산이 그대로 그에게는 그리운 고향이었다. 반날 동안이나 뚜벅뚜벅 걷고 장터 있는 마을에 거지반 가까웠을 때, 거친 나귀가 한바탕 우렁차게 울면…… 더구나 그것이 저녁녘이어서 등불들이 어둠 속에 깜박거릴 무렵이면 늘 당하는 것이건만 허 생원은 변치 않고 언제든지 가슴이 뛰놀았다.

°젊은 시절에는 알뜰하게 벌어 돈푼이나 모아 본 적도 있기는 있었으나, 읍내에 백중이 열린 해 호탕스럽게 놀고 투전을 하여

음력 칠월 보름   노름

사흘 동안에 다 털어 버렸다. 나귀까지 팔게 된 판이었으나, 애끊는

정분에 그것만은 이를 물고 단념하였다. 결국 도로아미타불로 장돌이를 다시 시작할 수밖에는 없었다. 짐승을 데리고 읍내를 도망해 나왔을 때에는, 너를 팔지 않기 다행이었다고 길가에서 울면서 짐승의 등을 어루만졌던 것이었다. 빚을 지기 시작하니 재산을 모을 염은 당초에 틀리고 간신히 입에 풀칠을 하러 장에서 장으로 돌아

<u>생각 처음부터</u>
다니게 되었다.[11]

호탕스럽게 놀았다고는 하여도 계집 하나 후려 보지는 못하였다. 계집이란 좀 쌀쌀하고 매정한 것이었다. 평생 인연이 없는 것이라고 신세가 서글퍼졌다. 일신에 가까운 것이라고는 언제나 변함없는 한 필의 당나귀였다.

그렇다고는 하여도 꼭 한 번의 첫 일을 잊을 수는 없었다. 뒤에도 처음에도 없는 단 한 번의 괴이한 인연! 봉평에 다니기 시작한 젊은 시절의 일이었으나 그것을 생각할 적만은 그도 산 보람을 느꼈다.

"•달밤[12]이었으나 어떻게 해서 그렇게 됐는지 지금 생각해도 도무지 알 수는 없어."

허 생원은 오늘 밤도 또 그 이야기를 끄집어내려는 것이다. 조선달은 친구가 된 이래 귀에 못이 박히도록 들어 왔다. 그렇다고 싫증

---

9 여기서 '각다귀'는 허 생원을 놀리는 어린아이들임.

10 거듭 강조함으로써 줄거리 전개의 중요 요소임을 부각시킴.

11 허 생원의 몰락 이유. 아울러 나귀가 허 생원에게 인생의 의미가 되고 있음을 말해 주고 있음.

12 여기서 '달'은 생명 탄생을 암시함. 성 처녀와의 만남에서 생명이 잉태되었을 가능성에 대해 암시함. '달밤'은 허 생원의 현재와 과거를 이어주는 매개체.

을 낼 수도 없었으나 허생원은 시침을 떼고 되풀이할 대로는 되풀이하고야 말았다.

"달밤에는 그런 이야기가 격에 맞거든."

조선달 편을 바라는 보았으나 물론 미안해서가 아니라 달빛에 감동하여서였다. °이지러는 졌으나 보름을 갓 지난 달은 부드러운 빛을 흔붓이 흘리고 있다. 대화까지는 칠십 리의 밤길, 고개를 둘이나 넘고 개울을 하나 건너고, 벌판과 산길을 걸어야 된다. 달은 지금 긴 산허리에 걸려 있다. 밤중을 지난 무렵인지 죽은 듯이 고요한 속에서 짐승 같은 달의 숨소리가 손에 잡힐 듯이 들리며, 콩포기와 옥수수 잎새가 한층 달에 푸르게 젖었다. 산허리는 온통 메밀밭이어서 피기 시작한 꽃이 소금을 뿌린 듯이 흐뭇한 달빛에 숨이 막힐 지경이다. 붉은 대궁이 향기같이 애잔하고 나귀들의 걸음도 시원하다. 길이 좁은 까닭에 세 사람은 나귀를 타고 외줄로 늘어섰다. 방울 소리가 시원스럽게 딸랑딸랑 메밀밭께로 흘러간다. [13] 앞장 선 허 생원의 이야기 소리는 꽁무니에 선 동이에게는 확적히는 안 들렸으나, 그는 그대로 개운한 제 멋에 적적하지는 않았다.

"장 선 꼭 이런 날 밤이었네. 객줏집 토방이란 무더워서 잠이 들어야지. 밤중은 돼서 혼자 일어나 개울가에 목욕하러 나갔지. 봉평은 지금이나 그제나 마찬가지나, 보이는 곳마다 메밀밭이어서 개울가가 어디 없이 하얀 꽃이야. 돌밭에 벗어도 좋을 것을, 달이 너무도 밝은 까닭에 옷을 벗으러 물방앗간으로 들어가지 않았나. 이상한 일도 많지. 거기서 난데없는 성서방네 처녀와 마주쳤단 말이네. 봉평서야 제일가는 일색이었지."

미인

"…… 팔자에 있었나 부지."

아무렴 하고 응답하면서 말머리를 아끼는 듯이 한참이나 담배를 빨 뿐이었다.

*구수한 지줏빛 연기[14]가 밤기운 속에 흘러서는 녹았다.

"날 기다린 것은 아니었으나 그렇다고 달리 기다리는 놈팽이가 있는 것두 아니었네. 처녀는 울고 있단 말야. 짐작은 대고 있었으나 성서방네는 한창 어려워서 들고날 판인 때였지. 한집안 일이니 딸에겐들 걱정이 없을 리 있겠나. 좋은 데만 있으면 시집도 보내련만 _{집안의 물건을 내다 팖} 시집은 죽어도 싫다지…… 그러나 처녀란 울 때 같이 정을 끄는 때가 있을까. 처음에는 놀라기도 한 눈치였으나 걱정 있을 때는 누그러지기도 쉬운 듯해서 이럭저럭 이야기가 되었네. …… 생각하면 무섭고도 기막힌 밤이었어."

"제천인지로 줄행랑을 놓은 건 그 다음날이었나?"

"다음 장도막에는 벌써 왼 집안이 사라진 뒤였네. 장판은 소문에 _{다음 장이 설 때까지의 짧은 기간} 발끈 뒤집혀 고작해야 술집에 팔려가기가 상수라고 처녀의 뒷공론 이 자자들 하단 말이야. 제천 장판을 몇 번이나 뒤졌겠나. 하나 처녀 _{정해진 운명} 의 꼴은 꿩 궈 먹은 자리야. 첫날밤이 마지막 밤이었지. 그때부터 봉 평이 마음에 든 것이 반평생을 두고 다니게 되었네. 평생인들 잊을 수 있겠나."

"수 좋았지. 그렇게 신통한 일이란 쉽지 않어. 항용 못난 것 얻어 _늘

---

13 달밤의 메밀 밭 풍경이 자아내는 황홀한 경치가 시적이고 감각적으로 표현되어 있고, 자연에 동화된 인물들의 감정이 잘 드러나 있음.
14 추억의 분위기를 돋우는 소재.

허 생원은 메밀밭을 보며 과거 봉평에서 있었던 일을 떠올린다.

새끼 낳고, 걱정 늘고 생각만 해두 진저리나지. …… 그러나 늘그막
바지까지 장돌뱅이로 지내기도 힘드는 노릇 아닌가. 난 가을까지만
하구 이 생애와두 하직하려네. 대화쯤에 조그만 전방이나 하나 벌이
구 식구들을 부르겠어. 사시장철 뚜벅뚜벅 걷기란 여간이래야지."

"옛 처녀나 만나면 같이나 살까…… *난 거꾸러질 때까지 이 길
걷고 저 달 볼 테야."15

전개 허 생원의 이력과 성 서방네 처녀와의 추억

산길을 벗어나니 큰길로 틔어졌다. 꽁무니의 동이도 앞으로 나서
나귀들은 가로 늘어섰다.

"총각두 젊겠다, 지금이 한창 시절이렷다. 충줏집에서는 그만 실
수를 해서 그 꼴이 되었으나 설게 생각 말게."
                    서운하게
"처 천만에요. 되려 부끄러워요. 계집이란 지금 웬 제격인가요.
자나깨나 어머니 생각뿐인데요."

허 생원의 이야기로 실심해 한 끝이라 동이의 어조는 한풀 수그
        마음이 심란함
러진 것이었다.

"애비 에미란 말에 가슴이 터지는 것도 같았으나 제겐 아버지가
없어요. 피붙이라고는 어머니 하나뿐인걸요."

"돌아가셨나?"

"당초부터 없어요."

"그런 법이 세상에……."

---

15 자연에 동화되고 운명에 순응하는 허 생원의 체념적 성격.

생원과 선달이 야단스럽게 껄껄들 웃으니 동이는 정색하고 우길 수밖에는 없었다.

"부끄러워서 말하지 않으려 했으나 정말예요. *제천 촌에서 달도 차지 않은 아이를 낳고 어머니는 집을 쫓겨났죠.[16] 우스운 이야기나, 그러기 때문에 지금까지 아버지 얼굴도 본 적 없고, 있는 고장도 모르고 지내 와요."

*고개가 앞에 놓인 까닭에 세 사람은 나귀를 내렸다.[17] 둔덕은 험하고 입을 벌리기도 대근하여 이야기는 한동안 끊겼다. 나귀는 건듯하면 미끄러졌다. 허 생원은 숨이 차 몇 번이고 다리를 쉬지 않으면 안 되었다. 고개를 넘을 때마다 나이가 알렸다. 동이 같은 젊은 축이 그지없이 부러웠다. 땀이 등을 한바탕 쪽 씻어 내렸다.
힘이 들어

고개 너머는 바로 개울이었다. 장마에 흘러 버린 널다리가 아직도 걸리지 않은 채로 있는 까닭에 벗고 건너야 되었다. 고의를 벗어
널빤지로 놓은 다리
띠로 등에 얽어매고 반벌거숭이의 우스꽝스런 꼴로 물 속에 뛰어들었다. 금방 땀을 흘린 뒤였으나 밤 물은 뼈를 찔렀다.
남자의 여름 홑바지

"그래, 대체 기르긴 누가 기르구?"

"어머니는 하는 수 없이 의부를 얻어 가서 술장사를 시작했죠 술이 고주래서 의부라고 전 망나니예요. 철들어서부터 맞기 시작한 것이 하룬들 편할 날 있었을까. 어머니는 말리다가 채고 맞고 칼부림을 당하곤 하니 집 꼴이 무어겠소. 열여덟 살 때 집을 뛰어나와서부터 이 짓이죠."
고주망태. 술이 몹시 취한 사람   완전히

"총각 나쎄론 심이 무던하다고 생각했더니 듣고 보니 딱한 신세로군."
그만한 나이로는

물은 깊어 허리까지 찼다. 속 물살도 어지간히 센데다가 발에 채는 돌멩이도 미끄러워 금시에 훌칠 듯하였다. 나귀와 조선달은 재빨리 거의 건넜으나 *동이는 허 생원을 붙드느라고 두 사람은 훨씬 떨어졌다.[18]

　"모친의 친정은 원래부터 제천이었던가?"

　"웬걸요. 시원스리 말은 안 해주나 봉평이라는 것만은 들었죠."

　"봉평, 그래 그 아비 성은 무엇이구?"

　"알 수 있나요. 도무지 듣지를 못했으니까."

　"그 그렇겠지."

　하고 중얼거리며 흐려지는 눈을 까물까물하다가 허 생원은 경망하게도 발을 빗디디었다. 앞으로 고꾸라지기가 바쁘게 몸째 풍덩 빠져 버렸다. 허우적거릴수록 몸을 건잡을 수 없어 동이가 소리를 치며 가까이 왔을 때에는 벌써 퍽이나 흘렀었다. 옷째 쫄짝 젖으니 물에 젖은 개보다도 참혹한 꼴이었다. 동이는 물속에서 어른을 해깝게 업을 수 있었다. 젖었다고는 하여도 여윈 몸이라 장정 등에는 오히려 가벼웠다.
　　　가볍게

　"이렇게까지 해서 안됐네. 내 오늘은 정신이 빠진 모양이야."

　"염려하실 것 없어요."

　*"그래 모친은 아비를 찾지는 않는 눈치지?"[19]

---

16 동이가 허 생원의 아들일 것임을 암시.

17 장면 전환을 나타냄.

18 동이와 허 생원 간의 심리적 밀착감이 나타나 있음.

19 허 생원의 기대감이 내재된 표현.

"늘 한 번 만나고 싶다고는 하는데요."

"지금 어디 계신가?"

"의부와도 갈라져 제천에 있죠. 가을에는 봉평에 모셔 오려고 생각 중인데요. 이를 물고 벌면 이럭저럭 살아갈 수 있겠죠."

"아무렴, 기특한 생각이야. 가을이랬다?"

동이의 탐탁한 등허리가 뼈에 사무쳐 따뜻하다. *물을 다 건넜을 때에는 도리어 서글픈 생각에 좀 더 업혔으면도 하였다.[20]
<small>마음에 들어 흐뭇함</small>

"진종일 실수만 하니 웬일이오, 생원."

조선달은 바라보며 기어코 웃음이 터졌다.

*"나귀야. 나귀 생각하다 실족을 했어. 말 안 했던가. 저 꼴에 제법 새끼를 얻었단 말이지. 읍내 강릉 집 피마에게 말일세. 귀를 쫑긋 세우고 달랑달랑 뛰는 것이 나귀 새끼같이 귀여운 것이 있을까. 그것 보러 나는 일부러 읍내를 도는 때가 있다네."[21]
<small>다 자란 암말</small>

"사람을 물에 빠치울 젠 딴은 대단한 나귀 새끼군."

<small>[절정] 동이의 내력과 허 생원의 짐작</small>

허 생원은 젖은 옷을 웬만큼 짜서 입었다. 이가 덜덜 갈리고 가슴이 떨리며 몸시도 추웠으나 마음은 알 수 없이 둥실둥실 가벼웠다.

"주막까지 부즈런히들 가세. 뜰에 불을 피우고 훗훗이 쉬여. 나귀에겐 더운 물을 끓여 주고, 내일 대화 장 보고는 제천이다."
<small>따뜻하게</small>

"생원도 제천으로?"

"오래간만에 가 보고 싶어. 동행하려나, 동이?"

나귀가 걷기 시작하였을 때 *동이의 채찍은 왼손에 있었다.[22]

오랫동안 *아둑시니[23]같이 눈이 어둡던 허 생원도 요번만은 동이의 왼손잡이가 눈에 띄지 않을 수 없었다. 걸음도 해깝고 방울 소리가 밤 벌판에 한층 청청하게 울렸다.

*달이 어지간히 기울어졌다.[24]

결말 동이를 아들로 추측하는 허 생원

출전 : 『조광(朝光)』, 1936

---

20 혈육의 정을 느끼게 함.
21 나귀와 나귀 새끼는 허 생원과 동이와의 대응 관계를 나타냄.
22 동이가 허 생원의 아들일 것임을 유추하게 함.
23 청맹과니. 겉보기엔 눈이 멀쩡하나 앞을 보지 못하는 사람.
24 사건 종결을 암시함.

　　봉평장의 파장 무렵, 장사가 시원치 않아서 속이 상한 허 생원은 조 선달에 이끌려 충줏집을 찾는다. 거기서 나이가 어린 장돌뱅이 동이를 만난다. 허 생원은 대낮부터 충줏집과 수작을 건네는 동이가 몹시 밉다. 머리에 피도 안 마른 주제에 계집하고 농탕질이냐고 따귀를 올려 부친다. 동이는 별 반항도 하지 않고 그 자리를 물러난다. 그런 허 생원은 마음이 좀 개운치 않다.

　　조 선달과 술잔을 주고받고 하는데 동이가 황급히 달려온다. 나귀가 밧줄을 끊고 야단이라는 것이다. 허 생원은 자기를 외면할 줄로 알았던 동이가 그런 기별까지 하자 여간 기특하지 않다. 나귀에 짐을 싣고 다음 장터로 떠나는데, 마침 그들이 가는 길가에는 달빛에 메밀꽃이 흐드러지게 피어 있다.

　　달빛 아래 펼쳐지는 메밀꽃의 정경에 감정이 동했음인지 허 생원은 조 선달에게 몇 번이나 들려준 이야기를 다시 꺼낸다. 한때 경기가 좋아 한밑천 두둑이 잡은 적이 있었다. 그것을 노름판에서 다 잃어버렸다. 그런데 메밀꽃이 핀 어느 여름 밤, 그는 무더워 개울가로 목욕을 하러 갔는데 거기서 성 서방네 처녀를 만났다. 성 서방네는 파산(破産)을 한 터여서 처녀는 신세 한탄을 하며 눈물을 보였다. 그런 상황에서 허 생원은 처녀와 관계를 맺었고, 그 다음 날 처녀는 빚쟁이를 피해서 줄행랑을 놓는 가족과 함께 떠나고 말았다.

　　그런 이야기 끝에 허 생원은 동이가 편모(偏母)만 모시고 살고 있음을 알게 된다. 개울을 건너다 발을 헛딛은 허 생원은 물에 빠지고, 그걸

동이가 부축해서 업어준다. 허 생원은 마음에 짐작되는 데가 있어 동
이에게 물어 보니 그 어머니의 고향 역시 봉평임을 확인한다. 그리고
어둠 속에서도 동이가 자기처럼 '왼손잡이'임을 눈여겨본다.

작가 파일

이효석 1907~1942

소설가로 호는 가산(可山)이며, 강원도 평창(平昌)에서 태어났다. 그는 처음에는 도시 빈민층의 비참한 삶과 사회적 모순을 비판하는 작품을 썼으나, 곧 관심을 바꾸어 1933년 「돈(豚)」, 「수탉」 등을 발표하면서 인간의 본원적인 면, 인간의 관능(육체적 쾌감을 자극하는 기능)에 대한 작품을 썼다. 그는 소설을 산문으로 쓰려 하지 않고 한 편의 서정시로 형상화 하려고 하였는데, 그는 이 같은 '서정소설'의 대표 작가라 할 수 있다. 현재 강원도 평창군 봉평면에 '이효석 문학관'이 세워져 많은 사람들이 찾고 있다. 주요 작품에 「산」, 「들」, 「분녀」, 「돈(豚)」 등이 있다.

이효석 문학관 강원도 평창군 봉평면 창동리에 있는 이효석의 생애와 문학 세계를 기리기 위하여 세운 문학관.

독후 활동

1 이 소설에서 허 생원과 동이가 부자(父子) 관계임을 암시하는 내용 두
  가지를 말해 보자.

2 이 소설에서 '달밤'과 '개울'에서 일어난 일을 그림으로 그려 보자.

1936년 중앙일보에 발표된 이 소설은 전형적인 액자소설로 작중 화자인 '나'가

할아버지로부터 무녀도에 얽힌 이야기를 전해 듣고, 그 이야기를 다시 독자에

게 전하는 형식을 취하고 있다.

이 작품은 한 가족 안에서 일어나는 사건을 통해 전래적 샤머니즘의 문화와 외

래적 기독교 문화 사이에 잠재하는 갈등의 문제를 깊이 있게 다루어 낸 작품이

다. 즉 기독교로 대표되는 외래문화와 무속으로 대표되는 토속신앙 간의 대립

을 기본 축으로 결국은 토속신앙이 패배하는 과정을 그리고 있다.

욱이의 죽음은 교회의 설립이라는 미래 제시적인 죽음이며 상대적으로 모화

의 죽음은 토속신앙인 샤머니즘이 퇴조할 수밖에 없다는 시대 조류를 나타내

는 비극적 죽음이다.

김동리

무녀도

● 샤머니즘 shamanism 샤먼은 영혼과 대화할 수 있다는 무당이나 박수를 가리킴. 무당은 여자

무당을 박수는 남자 무당을 말함.

핵심정리

갈래 단편소설, 액자 소설
배경 시간 : 개화기
    공간 : 경주 부근의 촌락
    종교적 배경 : 무속 신앙과 기독교 신앙
시점 외부 이야기(처음 도입부) : 1인칭 관찰자 시점
    내부 이야기 : 3인칭 전지적 작가 시점
주제 전통과 외래문화의 대립 및 비극적 인간의 운명과 갈등

뒤에 물러 누운 어둑어둑한 산, 앞으로 폭이 넓게 흐르는 검은 강물, 산마루로 들판으로 검은 강물 위로 모두 쏟아져 내릴 듯한 파아란 별들, 바야흐로 숨이 고비에 찬, 이슥한 밤중이다. 강가 모랫벌에 큰 차일을 치고, 차일 속엔 마을 여인들이 자욱이 앉아 무당의 시나위 가락에 취해 있다. 그녀들의 얼굴들은 분명히 슬픈 흥분과 새
국악의 한 가락
벽이 가까워 온 듯한 피곤에 젖어 있다. 무당은 *바야흐로[1] 청승에 자지러져 뼈도 살도 없는 혼령으로 화한 듯 가벼이 *쾌잣자락[2]을 날리며 돌아간다…….

*이 그림이 그려진 것은 아버지가 장가를 들던 해라 하니,[3]

나는 아직 세상에 태어나기도 이전의 일이다. 우리 집은 날의 소위 유서 있는 가문으로, 재산과 문벌로도 떨쳤지만, 글 하는 선비란 것도 우글거렸고, 특히 진귀한 서화와 골동품으로서는 나라 안에서 손꼽힐 만큼 높이 일컬어졌었다. 그리고 이 서화와 골동품을 즐기는

등장인물

이 소설에는 모화와 욱이, 낭이가 등장한다.
모화는 무당으로 오로지 신령만을 믿고, 거기에 매달리는 토박이다.
외래 종교(기독교)의 이입(移入)을 결사반대하는 무속인이자
신령적인 세계관의 소유자이다.
욱이는 모화의 아들로 아비를 모르는 사생아로 태어나
일찍이 그 어미 모화가 어느 절간에 보냈으나, 후에 기독교 신자가
되어 돌아와 기독교를 전파하려다가 어머니의 칼을 맞고 죽는다.
낭이는 모화의 딸로 욱이와는 의붓남매 사이로
그림을 잘 그리며 언어 장애자이다.

취미는 아버지에서 다시 손자로 대대 가산과 함께 물려져 내려오는 가풍이기도 했다.

우리 집 살림이 탈방난 것은 아버지 때였으나, 그 즈음만 해도 아 _{거덜난}
직 옛날과 다름없이 할아버지께서는 사랑에서 나그네를 겪으셨고,
그러자니 시인 묵객들이 끊일 새 없이 찾아들곤 하였다. 그 무렵이 _{글씨나 그림에 능한 사람}
라 한다. 온종일 흙바람이 불어 뜰 앞엔 살구꽃
이 터져 나오는 어느 봄날 어스름 때였다. *색다
른 나그네가 대문 앞에 닿았다.⁴ 동저고리 바람에
패랭이를 쓰고 그 위에 명주 수건을 잘라맨, 나이

패랭이 신분이 낮은 사람이나 상제가 쓴 갓.

---

1 어떤 기운이 서서히 더해감. 반대말은 '시나브로'가 있음.
2 등솔이 길고 소매가 없는 옷자락.
3 전해들은 이야기가 있음을 암시함.
4 이야기의 흥미를 끌 수 있도록 함.

한 쉰 가까이 되어 뵈는, 체수도 조그만 사내가 나귀 고삐를 잡고 서고, 나귀에는 열예닐곱쯤 나 뵈는, 낯빛이 몹시 파리한 소녀 하나가 안장 위에 앉아 있었다. 남자 하인과 그 상전의 따님 같아도 보였다.

그러나 이튿날 그 사내는,

"이 여아는 소인의 여식이옵는데, 그림 솜씨가 놀랍다 하기에 대감의 문전을 찾았삽내."

소녀는 흰 옷을 입었었고, 옷빛보다 더 새하얀 그녀의 얼굴엔 깊이 모를 슬픔이 서리어 있었다.

"아기의 이름은?"

"……."

"나이는?"

"……."

*주인이 소녀에게 말을 건네 보았었으나, 소녀는 굵은 두 눈으로 한 번 그를 바라보았을 뿐 입을 떼려고 하지는 않았다.[5]

아비가 대신 입을 열어,

"여식의 이름은 낭이(琅伊), 나이는 열일곱 살이옵고……."

하더니, 목소리를 더 낮추며,

"여식은 귀가 좀 먹었습니다."

했다.

주인도 이번에는 고개를 끄덕였다. 그리고는 사내를 보고, 며칠이든지 묵으며 소녀의 그림 솜씨를 보여 달라고 했다.

그들 아비 딸은 달포 동안이나 머물러 있으며, 그림도 그리고 자
_{한달 보름}
기네의 지난 이야기도 자세히 하소연했다고 한다.

할아버지께서는 그들이 떠나는 날에, 이 불행한 아비 딸을 위하여 값진 비단과 충분한 노자를 아끼지 않았으나, 나귀 위에 앉은 가련한 소녀의 얼굴에는 올 때나 조금도 다름없는 처절한 슬픔이 서려 있었을 뿐이라고 한다.

…… 소녀가 남기고 간 그림 — 이것을 할아버지께서는 '무녀도'라 불렀지만 — 과 함께 내가 할아버지로부터 전해 들은 이야기는 다음과 같다.

도입 액자, 프롤로그(prologue) 무녀도의 그림 내용과 내력 소개

경주 읍에서 성 밖으로 오 리쯤 나가서 조그만 마을이 있었다. ˚여민촌 혹은 집성촌⁶이라 불리는 마을이었다.

˚이 마을 한 구석에 모화(毛火)라는 무당이 살고 있었다. 모화서 들어온 사람이라 하여 모화라 부르는 것이었다. 그것은 한 머리 찌그러져 가는 묵은 기와집으로, 지붕 위에는 기와버섯이 퍼렇게 뻗어 올라 역한 흙 냄새를 풍기고, 집 주위는 앙상한 돌담이 군데군데 헐리인 채 옛성처럼 꼬불꼬불 에워싸고 있었다. 이 돌담이 에워싼 안의 공지같이 넓은 마당에는 수채가 막힌 채, 빗물이 괴는 대로 일 년 내 시퍼런 물이끼가 뒤덮여 늘쟁이, 명아주, 강아지풀, 그리고 이름 모를 여러 가지 잡풀들이 사람의 키도 묻힐 만큼 거멓게 엉키어 있었다. 그 아래로 뱀같이 길게 늘어진 지렁이와 두꺼비같이 늙은

---

5 낭이에 대한 행동 묘사로 불행한 과거를 암시함.
6 공간적 배경을 나타냄.

개구리들이 구물거리며 움칠거리며, 항시 밤이 들기만 기다릴 뿐으로, 이미 수십 년 혹은 수백 년 전에 벌써 사람의 자취와는 인연이 끊어진 도깨비굴 같기만 했다.[7]

이 *도깨비굴[8]같이 낡고 헐리인 집 속에 무녀 모화와 그 딸 낭이는 살고 있었다. 낭이의 아버지 되는 사람은 경주읍에서 칠십 리 가량 떨어져 있는 동해 변 어느 길목에서 해물 가게를 보고 있는데, 풍문에 의하면 그는 낭이를 세상에 없이 끔찍이 생각하는 터이므로, 봄·가을철이면 분 잘 핀 다시마와 조촐한 꼭지미역 같은 것을 가지고 다녀가곤 한다는 것이었다. 나중 욱이(昱伊)가 돌연히 나타나지 않았다면, 이 도깨비굴 속에 그녀들을 찾는 사람이라야 모화에게 굿을 청하러 오는 사람들과 봄가을에 한 번씩 낭이를 찾아 주는 그녀의 아버지 정도로, 세상 사람들과는 별로 왕래도 없이 살아가는 쓸쓸한 어미, 딸이었을 것이다.

간혹 원근 동네에서 모화에게 굿을 청하러 오는 사람이 있어도 아주 방문 앞까지 들어서며,

"여보게, 모화네 있는가?"

"여보게, 모화네."

하고, 두세 번 부르도록 대답이 없다가, 아주 사람이 없는 모양이라고 툇마루에 손을 짚고 방문을 열려고 하면 그 때서야 안에서 방문을 먼저 열고 말없이 내다보는 계집애 하나 — 그녀의 이름이 낭이었다. 그럴 때마다 낭이는 대개 혼자서 그림을 그리고 있다가 놀라 붓을 던지며 얼굴이 파랗게 질린 채 와들와들 떨곤 하는 것이었다.[9]

이와 같이, 모화는 어느 하루를 집구석에서 살림이라고 살고 있

는 날이 없었다. 날이 새기가 무섭게 성 안으로 들어가면 언제나 해가 서쪽 산마루에 걸릴 무렵에야 돌아오곤 했다. 술이 얼근해서 수건엔 *복숭아[10]를 싸들고 춤을 추며,

"따님아, 따님아, 김씨 따님아,
수국 꽃님 낭이 따님아,
용궁이라 들어가니,
열두 대문이 다 잠겼다.
문 열으소, 문 열으소,
열두 대문 열어 주소."

청승 가락을 뽑으며 동구로 들어오는 것이었다.
"모화네, 오늘도 한 잔 했구나."
마을 사람들이 인사를 하면 모화는 수줍은 듯이 어깨를 비틀며,
"예에, 장에 갔다가요."
하고, 공손스레 절을 하곤 하였다.
모화는 굿을 할 때 이외에는 대개 주막에 가 있었다.
그만큼 모화는 술을 즐기었고 낭이는 또한 복숭아를 좋아하며 어미가 술이 취해 돌아올 때마다 여름 한철은 언제나 그녀의 손에 복

7 작가의 요약적 서술로 앞으로 일어날 모화의 음험한 사건에 대한 암시.
8 욱이와 모화의 죽음을 예고하는 말.
9 사람을 기피하는 낭이의 성격.
10 여기서 '복숭아'는 모화와 낭이의 감정을 이어 주는 매개체.

숭아가 들려 있었다.

"따님 따님, 우리 따님."

모화는 집 안에 들어서면서도 이렇게 가락을 붙여 낭이를 불렀다.

낭이는 어릴 때 나들이에서 돌아오는 어미의 품에 뛰어들어 젖을 빨듯, 어미의 수건에 싸인 복숭아를 받아먹는 것이었다.

모화의 말을 들으면 낭이는 수국 꽃님의 화신(化神)으로, 그녀(모화)가 꿈에 용신(龍神)님을 만나 복숭아 하나를 얻어먹고 꿈꾼 지 이레 만에 낭이를 낳은 것이라 했다. 그녀의 말에 의하면 수국 용신님은 따님이 열두 형제였다. 첫째는 달님이요, 둘째는 물님이요, 셋째는 구름님이요…… 이렇게 열두째는 꽃님이었는데, 산신님의 열두 아드님과 혼인을 시키게 되어 달님은 햇님에게, 물님은 나무님에게, 구름님은 바람님에게, 각각 차례대로 배혼을 정해 나가려니까 막내 따님인 꽃님은 본시 연애를 좋아하시는 성미라, 자기 차례가 돌아오기를 미처 기다릴 수 없어, 열한째 형인 열매님의 낭군님이 되실 새님을 가로채어 버렸더니 배필을 잃은 열매님과 나비님은 슬피 울며, 제작기 용신님과 산신님께 호소한 결과 용신님이 먼저 크게 노하고 벌을 내려 꽃님의 귀를 먹게 하시고, 수국을 추방하시니, 꽃님에서 그만 복사꽃이 되어 봄마다 강가로 산기슭으로 붉게 피지만 새님이 가지에 와 아무리 재잘거려도 지금까지 귀가 먹은 채 말 없는 벙어리가 되어 있는 것이라 한다.

모화는 주막에서 술을 먹다 말고, 화랑이들과 어울려서 춤을 추다 말고, 별안간 미친 것처럼 일어나 달아나곤 했다. 물으면 집에서 따님이 자기를 부르노라고 했다. 그녀는 수국 용신님께서 낭이 따님을 잠깐 자기에게 맡겼으므로 자기는 그 동안 맡아 있는 것뿐이라 했다. 그러므로 자기가 만약 이 따님을 정성껏 섬기지 않으면 큰어머님 되시는 용신님의 노염을 살까 두렵노라 하였다.

낭이뿐 아니라, 모화는 보는 사람마다 너는 나무 귀신의 화신이다, 너는 돌 귀신의 화신이다 하여, 결핏하면 칠성에 가 빌라는 둥 용왕에 가 빌라는 둥 했다.

*모화는 사람을 볼 때마다 늘 수줍은 듯, 어깨를 비틀며 절을 했다. 어린애를 보고도 부들부들 떨며 두려워했다. 때로는 개나 돼지에게도 아양을 부렸다.[11]

그녀의 눈에는 때때로 모든 것이 귀신으로만 비친다는 것이었다. 그것은 사람뿐 아니라 돼지, 고양이, 개구리, 지렁이, 고기, 나비, 감나무, 살구나무, 부지깽이, 항아리, 섬돌, 짚신, 대추나뭇가지, 제비, 구름, 바람, 불, 밥, 연, 바가지, 다래끼, 솥, 숟가락, 호롱

다래끼 아가리가 좁고 바닥이 넓은 바구니.

불…… 이러한 모든 것이 그녀와 서로 보고, 부르고, 말하고, 미워하고, 시기하고, 성내고 할 수 있는 이웃 사람같이 보여지곤 했다. 그리하여 그 모든 것을 '님'이라 불렀다.

발단 무당 모화와 딸 낭이의 인물 제시

욱이가 돌아온 뒤부터 이 도깨비굴 속에는 조금씩 사람 냄새가

---

11 모화가 신이 내려 무당이 된 '강신무(降神巫)'임을 나타냄.

나기 시작했다. 부엌에 들어서기를 그렇게 싫어하던 낭이도 욱이를 위하여는 가끔 밥을 짓는 것이었다. 그리고 밤이면 오직 컴컴한 어둠과 별빛만이 차 있던 이 허물어져 가는 기와집 처마 끝에도 희부연 종이 등불이 고요히 걸려지곤 했다.

　•욱이는 모화가 아직 모화 마을에 살 때, 귀신이 지피기 전, 어떤
　　　　　　　　　　　　　　신이 내리기 전
남자와의 사이에서 생긴 사생아였다. 그는 어릴 적부터 무척 총명하여 신동이란 소문까지 났으나, 근본이 워낙 미천하여 마을에서는 순조롭게 공부를 시킬 수가 없어, 그가 아홉 살 되었을 때 아는 사람의 주선으로 어느 절간에 보낸 뒤, 그 동안 한 십 년 간 까맣게 소식조차 묘연하다가 얼마 전 표연히 이 집에 나타난 것이었다.[12] 낭이
　　　　　　　　　　　　　　흔적없이
와는 말하자면 어미를 같이하는 오뉘뻘이었다. 낭이가 대여섯 살 되었을 때 그 때만 해도 아직 병으로 귀가 멀기 전이라 '욱이.', '욱이.' 하고 몹시 그를 따르곤 했었다. 그러던 것이 욱이가 절간으로 떠난 지 얼마 되지 않아 낭이는 자리에 눕게 되어 꼭 삼 년 동안을 시름시름 앓고 나더니, 그 길로 귀가 멀어 버렸던 것이다. 그러나 귀가 어느 정도로 먹은지는 아무도 아는 사람이 없었다. 한두 번 그의 어미를 향해 어눌하나마,

　"우, 욱이 어디 가아서?"

　이렇게 물은 적이 있었다.

　"절에 공부하러 갔다."

　"어어디, 절에?"

　"지림사, 큰 절에……."

　그러나 이것은 거짓말이었다. 모화 자신도 사실인즉 욱이가 어느

절에 가 있는지 통 모르고 있었고, 다만 모른다고 하기가 싫어서 이렇게 머리에 떠오르는 대로 대답했을 뿐이었다.

모화는 장에서 돌아와 처음 욱이를 보았을 때, °그 푸른 얼굴에 난데없는 공포의 빛이 서리며,¹³ 곧 어디로 달아날 것같이 한참 동안 어깨를 뒤틀고 허둥거리다가 말고 별안간 그 후리후리한 키에 긴 두 팔을 벌려, 흡사 무슨 큰 새가 저희 새끼를 품듯 달려들어 욱이를 안았다.

"이게 누고, 이게 누고? 아이고…… 내 아들아, 내 아들아!"

모화는 갑자기 목을 놓고 울었다.

"내 아들아, 내 아들아! 늬가 왔나, 늬가 왔나?"

모화는 앞뒤도 살피지 않고 온 얼굴을 눈물로 씻었다.

°"오마니, 오마니."¹⁴

욱이도 어미의 한쪽 어깨에 볼을 대고 오래도록 울었다. 어미를 닮아 허리가 날씬하고 목이 가는 이 열아홉 살 난 청년은 그 동안 절간으로 어디로 외롭게 유랑해 다닌 사람 같지도 않게, 품위가 있고 아름다운 얼굴이었다.

낭이도 그 때에야 이 청년이 욱이인 것을 진정으로 깨닫는 모양이었다. 처음 혼자 방에 있는데, 어떤 낯선 청년이 와서 방문을 열기에 너무도 놀라고 간이 뛰어 말 — 표정으로도 — 한 마디도 못 하고 방구석에 서서 오들오들 떨고만 있었던 것이다. 이제 낭이는 그 어

_____

12 욱이의 내력 소개.

13 장차 기독교와의 갈등 암시.비극적 사건 결말을 암시함.

14 평안도 사투리로 모화와는 말투부터 다름을 나타냄.

머니가 욱이를 얼싸안고 내 아들아, 내 아들아 하며 우는 것을 보고 어쩌면 저도 눈물이 날 것 같았다.

— 낭이는 그 어머니에게도 이렇게 인정이 있다는 것을 보자 형언할 수 없는 즐거움을 깨달았다.

*그러나 욱이는 며칠을 가지 않아 모화와 낭이에게 알 수 없는 이상한 수수께끼와 같은 존재가 되었다.[15]

그는 음식을 받아 놓고나, 밤에 잠을 자려고 할 때나, 또 아침에 자리에서 일어났을 때 반드시 한참 동안씩 주문(呪文) 같은 것을 외는 것이었다. 그러고는 틈틈이 품속에서 조그만 책 한 권을 꺼내어 읽곤 하는 것이었다. 낭이가 그것을 수상스레 보고 있으려니까 욱이는 그 아름다운 얼굴에 미소를 지으며,

"너도 이 책을 읽어라."

하고 그 조그만 책을 낭이 앞에 펴 보이곤 했다. 낭이는 지금까지 〈심청전〉이란 책을 여러 차례 두고 읽어서 국문쯤은 간신히 읽을 수 있었으므로, 욱이가 내놓은 그 조그만 책을 들여다보니, 맨 처음 껍데기에 큰 글자로 〈신약전서〉란, 넉자가 똑똑히 씌어져 있었다. 〈신약전서〉란 생전 처음 보는 이름이다.

낭이가 알 수 없다는 듯이 욱이를 바라보자, 욱이는 또 만면에 미소를 띠며,

"너 사람을 누가 만들어냈는지 아니?"

하였다. 그러나 낭이에게는 이 말이 들리지도 않았을 뿐더러, 욱이의 손짓과 얼굴 표정을 통해 대강 짐작할 수 있었다 하더라도 이건 지금까지 생각도 해 보지 못한 어려운 말이었다.

"그럼 너 사람이 죽어서 어떻게 되는 줄은 아니?"

"……."

"이 책에는 그런 것들이 모두 씌어져 있다."

그러고는 손으로 몇 번이나 하늘을 가리켰다. 그리하여 낭이가 알아 들은 말이라고는 겨우 한 마디 '하나님' 이었다.

"우리 사람을 만든 것은 하나님이다. 하나님은 우리 사람뿐 아니라 천지 만물을 다 만들어내셨다. 우리가 죽어서 돌아가는 곳도 하나님 전이다."

이러한 욱이의 '하나님' 은 며칠 지나지 않아 곧 모화의 의혹과 반발을 불러일으켰다. 욱이가 온 지 사흘째 되던 날, 아침밥을 받아 놓고 그가 기도를 드리려니까, 모화는,

"너 불도에도 그런 법이 있나?"

이렇게 물었다. 모화는 욱이가 그 동안 절간에 가 있다 온 줄만 믿고 있었으므로, 그가 하는 짓은 모두 불도(佛道)에 관한 일인 줄로만 생각하는 모양이었다.

"아니오 오마니, 난 불도가 아닙내다."

"불도가 아니고, 그럼 무슨 도가 있어?"

"오마니, 절간에서 불도가 보기 싫어 달아났댔쇠다."

"불도가 보기 싫다니, 불도야 큰 도지……. 그럼 넌 뭐 신선도야?"

"아니오 오마니, 난 예수도올시다."

---

15 갈등의 전조가 됨을 나타냄.

"예수도?"

"*북선 지방[16]에서는 예수교라고 합데다. 새로 난 교지요."

"그럼, 너 동학당이로군!"

"아니오 오마니, 나는 동학당이 아닙내다. 나는 예수도올시다."

"그래. 예수도온가 하는 데서는 밥 먹을 때마다 눈을 감고 주문을 외이나?"

"오마니, 그건 주문이 아니외다. 하나님 앞에 기도 드리는 것이외다."

"하나님 앞에?"

모화는 눈을 둥그렇게 떴다.

"네, 하나님께서 우리 사람을 내셨으니깐요."

"야아, 너 잡귀가 들렸구나!"

*모화의 얼굴빛은 순간 퍼렇게 질리었다.[17]

그리고는 더 묻지 않았다.

다음 날, 모화가 그 마을에 객귀 들린 사람이 있어 *'물밥'[18]을 내주고 돌아오려니까 욱이가,

"오마니, 어디 갔다 오시나요?"

하고 물었다.

"저 박 급창댁에 객귀를 물려주고 온다."

욱이는 한참 동안 무엇을 생각하는 모양이더니,

"그럼 오마니가 물리면 귀신이 물러나갑데까?"

한다.

"물러나갔기 사람이 살아났지."

모화는 별소리를 다 듣는다는 듯이 대답했다. 그는 지금까지 이 경주 고을 일원을 중심으로 수백 번의 푸닥거리와 굿을 하고 수백 수천 명의 병을 고쳐 왔지만, 아직 한 번도 자기의 하는 굿이나 푸닥거리에 신령님의 감응을 의심한다든가 걱정해 본 적은 없었다. 더구나 누구의 객귀에 물밥을 내주는 것쯤은 목마른 사람에게 물 한 그릇을 떠 주는 것만큼이나 당연하고 손쉬운 일로만 여겨왔다. 모화 자신만이 그렇게 생각할 뿐 아니라 굿을 청하는 사람, 객귀가 들린 사람 쪽에서도 그와 같이 믿고 있는 편이기도 했다. 그들은 무슨 병이 나면 먼저 의원에게 보이려는 생각보다 으레 모화에게 찾아갈 것으로 생각하는 것이었다. 그들의 생각에는 모화의 푸닥거리나 푸념이 의원의 침이나 약보다 훨씬 반응이 빠르고 효험이 확실하고 준비가 손쉬웠던 것이다. …… 한참 동안 고개를 수그리고 무엇을 생각하고 있던 욱이는, 고개를 들어 그 어머니의 얼굴을 똑바로 바라보며,

"오마니, 이것 보시오. 마태복음 제 구장 삼십오절이올시다. 저희가 나갈 때에 사귀들려 벙어리 된 자를 예수께 다려오매, 사귀가 쫓겨나니 벙어리가 말하거늘……."

그러나 이 때 벌써 모화는 자리에서 일어나, 방구석에 언제나 차려 놓은 '신주상' 앞에 가서,

---

16 함경도와 평안도 지방.
17 예수교와 샤머니즘의 첫 번째 충돌.
18 귀신에게 주는 물을 말은 밥. 여기서는 귀신을 물리치는 여러 행위를 뜻함.

"신령님네, 신령님네, 동서남북 상하천지,

날 것은 날아가고, 길 것은 기어 가고

머리 검하 초로인생 실낱 같안 이 목숨이,

신령님네 품이길래 품속에 품았길래,

대로같이 가옵내다, 대로같이 가옵내다.

부정한 손 물리치고, 조출한 손 받으실새,

*터주¹⁹님이 터 주시고 조왕님이 요 주시고,
          부엌을 지키는 신 먹을 것

성주님이 복 주시고 칠성님이 명 주시고,
    터주   북두(北斗)의 일곱 성군

미륵님이 돌보셔서 실낱 같안 이 목숨이,

대로같이 가옵내다. 탄탄대로같이 가옵내다."

모화의 두 눈은 보석같이 빛나고, 강렬한 발작과도 같이 전신을 떨며 두 손을 비벼댔다. 푸념이 끝나자 신주상 위의 냉수 그릇을 들어 물을 머금더니 욱이의 낯과 온몸에 확 뿜으며,

"엇쇠 귀신아, 물러서라,

여기는 영주 비루봉 상상봉혜,

깎아 질린 돌 베랑혜, 쉰 길 청수혜,

너희 올 곳이 아니니라.

바른손혜 칼을 들고 왼손혜 불을 들고,

엇쇠 잡귀신아, 썩 물러서라. 툇툇!"

이렇게 외쳤다.

욱이는 처음 어리둥절해서 모화의 푸념하는 양을 바라보고 있다가, 이윽고 고개를 수그려 잠깐 기도를 올리고 나서 일어나 잠자코 밖으로 나가 버렸다.

모화는 욱이가 나간 뒤에도 한참 동안 푸념을 계속하며 방구석마다 물을 뿜고 주문을 외었다.

전개 욱이의 귀향과 그로 인한 갈등

욱이는 그 길로 이 지방의 예수교인들을 찾아보기로 했다. 그 날 곧 돌아올 줄 알았던 욱이는 해가 지고 밤이 깊어도 돌아오지 않았다. 모화와 낭이, 어미 딸은 방구석에 음울하게 웅크리고 앉아 욱이가 돌아오기만 기다리는 것이었다.

"예수 귀신 책 거 없나?"

모화는 얼마 뒤에 낭이더러 이렇게 물었다. 낭이는 고개를 저었다. 그러자 갑자기 낭이도 욱이의 그 〈신약전서〉란 책을 제가 맡아 두지 않았음을 후회했다. °모화는 분명히 욱이가 무슨 몹쓸 잡귀에 들린 것으로만 간주하는 모양이었다. 그것은 마치 욱이가 모화와 낭이를 으레 사귀들린 사람들로 생각하는 것과도 같았다. 그는 모화뿐만 아니라 낭이까지도 어미의 사귀가 들어가서 벙어리가 된 것이라고 믿는 것이었다.[20]

----

19 집을 지키는 지신(地神).
20 모화와 욱이의 갈등 내용이 직접 제시됨.

"예수 당시에도 사귀들려 벙어리 된 자를 예수께서 몇 번이나 고쳐 주시지 않았나."

욱이는 이렇게 생각하는 것이었다. 그리고 그는 자기의 힘으로 자기가 하나님께 열심히 기도를 드림으로써, 그 어미와 누이동생의 병을 고쳐야 한다고 마음속으로 굳게 결심하는 것이었다.

°"예수께서 무리들이 달려와서 모이는 것을 보시고 그 더러운 귀신을 꾸짖어 가라사대 벙어리와 귀머거리 귀신아, 내가 네게 명하노니 그 아이에게서 나오고 다시 들어가지 마라 하시니 사귀가 소리지르며 아이를 심히 오그러뜨리고 나가니, 그 아이가 죽은 것같이 되매 여러 사람이 말하기를 죽었다 하거늘, 오직 예수 그 손을 잡아 일으키시니 드디어 일어서더라. 집에 들어가시매 제자들이 조용히 묻자와 가로되 우리는 어찌하여 능히 그 귀신을 쫓아내지 못하였나이까. 예수 가라사대 기도 아니 하여서는 이런 유를 나가게 할 수 없나니라."(마가복음 9장 25절-29절)[21]

그리하여 욱이는 자기도 하나님께 기도만 간절히 드리면 그 어미와 누이동생에게 들어 있는 사귀도 내어쫓을 수 있으리라 믿었다. 일방, 그는 그가 지금까지 배우고 있던 평양 현 목사와 이 장로에게도 편지를 띄웠다.

'목사님, 저는 하나님의 은혜로 무사히 오마니를 찾아왔습내다. 그러하오나 이 지방에는 오직 우리 주님의 복음이 전파되지 않아서 사귀들린 자와 우상 섬기는 자가 매우 많은 것을 볼 때, 하루 바삐 주

---

21 성경 구절을 직접 인용하여 갈등 양상을 첨예하게 드러냄.

굿을 하며 지내던 '모화'에게 어느 날 절로 보냈던 사생아 욱이가 찾아온다.

님의 복음을 이 지방에 전파하도록 교회를 지어야 하겠삽내다. 목사님께 말씀드리기는 매우 부끄러운 일이나 저의 오마니는 무당 사귀가 들려 있고, 저의 누이동생은 귀머거리와 벙어리귀신이 들려 있습내다. 저는 마가복음 제 구장 제 이십구절에 있는 우리 주님 예수 그리스도의 말씀대로 이 사귀들을 내어 쫓기 위하여 열심히 기도를 드립니다마는 교회가 없으므로 기도 드릴 장소가 매우 힘드옵내다. 하루 바삐 이 지방에 교회 되기를 하나님께 기도 올려 주소서.'

이 현 목사는 미국 선교사로서, 욱이가 지금까지 먹고 입고 공부를 하게 된 것이 모두 그의 도움이었다. °욱이가 열다섯 살까지 절간에서 중의 상좌 노릇을 하고 있다가, 그 해 여름에 혼자서 서울 구경을 간다고 나선 것이 이리저리 유랑하여 열여섯 되던 해 가을엔 평양까지 가게 되었고, 거기서 그 해 겨울 이 장로의 소개로 현 목사의 도움을 받게 되었던 것이었다.²²

이번엔 욱이가 평양서 어머니를 보러 간다고 하니까, 현 목사는 욱이를 불러 놓고 이렇게 말했다.

"지금부터 삼 년 동안 이 사람 고국 갈 것이오. 그 때, 만일 욱이가 함께 가기 원하면 이 사람 같이 미국 가게 될 것이오."

"목사님, 고맙습니다. 저는 목사님을 따라 미국 가기가 원입니다."

"그러면 속히 모친 만나 보고 오시오."

°그러나 욱이가 어머니의 집이라고 찾아온 곳은 지금까지 그가 살고 있는 현 목사나 이 장로의 집보다 너무나 딴 세상이었다. 그 명랑한 찬송가 소리와 풍금소리와 성경 읽는 소리와 모여 앉아 기도

를 올리고 맛난 음식을 향해 즐겁게 웃음 웃는 얼굴들 대신 군데군데 헐어져 가는 돌담과 기와 버섯이 퍼렇게 뻗어 오른 묵은 기와집과 엉킨 잡초 속에 꾸물거리는 개구리, 지렁이들과 그 속에서 무당귀신과 귀머거리 귀신이 각각 들린 어미 딸 두 여인을 보았을 때, 그는 흡사 자기 자신이 무서운 노깨비굴에 홀려든 것이 아닌가 하고 새삼 의심이 들 지경이었다.[23]

　욱이가 이 지방 예수교인들을 두루 만나보고 집으로 돌아온 뒤부터 야릇하게 변해진 것은 낭이의 태도였다. 그 호리호리한 몸매와 종잇장같이 희고 매끄러운 얼굴에 빛나는 굵은 두 눈으로 온종일 말 한 마디, 웃음 한 번 웃는 일 없이 방구석에 틀어박혀 앉은 채 욱이의 하는 양만 바라보고 있다가, 밤이 되어 처마 끝에 희부연 종이 등불이 걸리고 하면, 피에 주린 싸늘한 손과 입술로 욱이의 목덜미나 가슴팍으로 뛰어들곤 했다. *욱이는 문득문득 목덜미로 가슴팍으로 낭이의 차디찬 손과 입술을 느낄 적마다 깜짝깜짝 놀라곤 하였으나, 그녀가 까무러칠 듯이 사지를 떨며 다시 뛰어들 제면 그도 당황히 낭이의 손을 쥐어 주며, 그 희부연 종이 등불이 걸려 있는 처마 밑으로 이끌곤 했다.[24]

　낭이의 태도가 미묘해진 뒤부터 욱이의 얼굴빛은 날로 창백해 갔다. 그렇게 한 보름 지난 뒤 그는 또 한 번 표연히 집을 나가고 말았다.

---

22 욱이의 지난 삶에 대한 내력이 나타남.
23 서구 문명의 세계와 토착적 한국 세계의 대조적 표현. 기독교의 흥성과 샤머니즘의 퇴조를 암시하고 있음.
24 낭이와 욱이의 근친상간적 관계 암시.

모화는 욱이가 집을 나간 지 이틀째 되던 날 밤, 문득 자리에서 일어나 앉으며 긴 한숨을 내쉬었다. 그러고는 곁에 누워 있는 낭이를 흔들어 깨우더니 듣기에도 음울한 목소리로,

"욱이가 언제 온다더누?"

물었다. 낭이가 잠자코 있으려니까,

"왜 욱이 저녁 밥상은 보아 두라고 했는데 없노."

하고 낭이더러 화를 내었다. 모화는 날이 갈수록 점점 더 초조한 빛으로 밤중마다 부엌에다 들기름 불을 켜고 부뚜막 위에 욱이의 밥상을 차려 놓고는 기도를 드리는 것이었다.

"성주는 우리 성주, 칠성은 우리 칠성, 조왕은 우리 조왕,

비나이다 비나이다 신주님께 비나이다.

하늘에는 별, 바다에는 진주,

금은 같안 이내 장손, 관옥 같안 이내 방성,

산신혜 명을 빌하 삼신혜 수를 빌하,

칠성혜 복을 빌하 삼신혜 덕을 빌하,

조왕님전 요오를 타고 터주님전 재주 타니

하늘에는 별, 바다에는 진주,

삼신 조왕 마다하고 아니 오지 못하리라.

예수 귀신하, 서역 십만리 굶주리던 불귀신하,

탄다, 훨훨 불이 탄다. 불귀신이 훨훨 탄다.

타고 나니 이내 방성 금은같이 앉았다가,

삼신 찾아오는구나, 조왕 찾아오는구나."

모화는 혼자서 손을 비비고 절을 하고 일어나 춤을 추고, 갖은 교태를 다 부리며 완연히 미친 것같이 날뛰었다. 낭이는 방에서 부엌으로 난 봉창 구멍에 눈을 대고 숨소리를 죽여 오랫동안 어미의 날뛰는 양을 지켜보고 있다가, 별안간 몸에 한기가 들며 아래턱이 달달달 떨리기 시작하였다. 그는 미친 것처럼 뛰어 일어나며 저고리를 벗었다. 치마를 벗었다. 그리하여 어미는 부엌에서, 딸은 방안에서 한 장단 한 가락에 놀 듯 어우러져 춤을 추곤 했다. 그러한 어느 새벽, 낭이는 정신을 차리고 보니 발가벗은 알몸뚱이로 방바닥에 쓰러져 있는 그녀 자신을 발견한 일도 있었다.

*두 번째 집을 나갔던 욱이는 다시 얼굴에 미소를 띠며 그녀들 어미 딸 앞에 나타났다.[25]

모화는 그 때 마침 굿 나갈 때 신을 새 신발을 신어 보고 있었는데 욱이가 오는 것을 보자, 그 후리후리한 허리에 긴 팔을 벌려 새가 알을 품듯, 그의 상반신을 얼싸안고 울기 시작했다.

이번엔 아무런 푸념도 없이 오랫동안 욱이의 목을 안은 채 잠자코 울기만 하는 것이었다. 언제나 퍼런 그 얼굴에도 이 때만은 붉은 기운이 돌며, 그 천연스런 몸짓은 조금도 귀신들린 사람 같지 않았다.

"오마니, 나 방에 들어가 좀 쉬겠쇠다."

욱이는 어미의 포옹을 끄르고 일어나 방에 들어가 누웠다.

모화는 웬일인지 욱이가 방에 들어간 뒤에도 혼자 툇마루에 앉

---

25 화제의 전환을 나타냄.

아 고개를 수그린 채 몹시 쓸쓸한 얼굴이었다. 그러더니 무슨 생각엔지 일어나 방에 들어가 낭이의 그림을 이것저것 뒤져보는 것이었다.

그 날 밤이었다.

밤중이나 되어 욱이가 잠결에 그의 품속에 언제나 품고 있는 성경책을 더듬어보았을 때 품속에 허전함을 느꼈다. 그와 동시에 웅얼웅얼하며 주문(呪文)을 외는 소리도 들려왔다. 자리에서 일어나 보았으나 품속에서 성경을 찾을 수는 없었다. 그리고 낭이와 욱이 사이에 누워 있을 그의 어머니는 보이지 않았다. 그는 어떤 불길하고 무서운 예감에 몸이 부르르 떨리었다. 바로 그 때였다. 그의 귀에는 땅속에서 귀신이 우는 듯한, 웅얼웅얼하는 주문을 외는 듯한 소리가 좀더 또렷이 들려왔다. 다음 순간, 그는 거의 무의식적으로 방에서 부엌으로 난 봉창 구멍에 눈을 갖다 대었다.

"서역 십만리 굶주린 불귀신하,
한쪽 손에 불을 들고 한쪽 손에 칼을 들고,
이리 가니 산신님이 예 기신다.
저리 가시 용신님이 예 기신다.
칠성이라 돌아가니 칠성님이 예 기신다.
구름 속에 째어 간다, 바람 속에 묻혀 간다.
구름님이 예 기신다. 바람님이 제 기신다.
용궁이라 당도하니 열두 대문 잠겨 있다.
첫째 대문 두드리니 사천왕이 뛰어나와

종발눈 부릅뜨고, 주석 철퇴 높이 든다.

둘째 대문 두드리니 불개 두 쌍 뛰어나와

꽃불은 수놈이 낼룽, 불씨는 암놈이 낼룽,

셋째 대문 두드리니 물개 두 쌍 뛰어나와

수놈이 멍멍 꽃불이 죽고

암놈이 멩멩 불씨가 죽고……."

모화는 소복 단장에 쾌자까지 두르고 온갖 몸짓, 갖은 교태를 다 부려 가며 손을 비비다, 절을 하다, 덩싯거리며 춤을 추다 하고 있다. 부뚜막 위에는 깨끗한 접시 불들기름 불이 켜져 있고, 그 아래 차려진 소반 위에는 냉수 한 그릇과 흰 소금 한 접시가 놓여 있을 따름이다. 그리고 그 곁에는 지금 막 그 마지막 불꽃이 나불거리고 난 새빨간 파란 연기 한 오리가 오르는 〈신약전서〉의 두꺼운 표지는 한 머리 이미 파리한 재가 되어 가고 있었다.

모화는 무엇에 도전이나 하는 것처럼 입가에 야릇한 냉소까지 띠며, 소반에 얹힌 접시의 소금을 집어 연기마저 사라진 새까만 재 위에 뿌렸다.

"서역 십만리 예수 귀신이 돌아간다.

당산에 가 노자 얻고, *관묘[26]에 가 신발 신고,

두 귀에 방울 달고 방울소리 발 맞추어

---

26 관우를 신상(神像)으로 모신 사당.

재 넘고 개울 건너 잘도 간다.

인제 가면 언제 볼꼬, 발이 아파 못 오겠다.

춘삼월에 다시 오랴, 배가 고파 못 오겠다…….”

모화의 음성은 마주(魔酒) 같은 향기를 풍기며 온 피부에 스며
들었다. 그 보석 같은 두 눈의 교태와 쾌잣자락과 함께 나부끼는 손
짓은, 이제 차마 더 엿볼 수 없게 욱이의 심장을 쥐어짜는 것이었
다. *욱이는 가위눌린 사람처럼 간신히 긴 숨을 내쉬며 뛰어 일어났
다. 다음 순간, 자기 자신도 모르게 방문을 뛰어나온 그는 부엌문을
박차고 들어가 소반 위에 차려 놓은 냉수 그릇을 집어들려 하였다.
그러나 그가 냉수 그릇을 집어들기 전에 모화의 손에는 식칼이 번
득이고 있었고, 모화는 욱이와 물그릇 사이에 식칼을 두르며 조용
히 춤을 추고 있는 것이었다.[27]

“엇쇠 귀신하, 물러서라.

너 이제 보아하니 서역 십만리 굶주리던 잡귀신하,

여기는 영주 비루봉 상상봉헤

깎아지른 돌 벼랑헤, 쉰 길 청수헤, 엄나무 발에

너희 올 곳이 아니다.

바른손헤 칼을 들고 왼손헤 불을 들고,

엇쇠 서역 잡귀신하, 썩 물러서라.”

이 때, 모화는 분명히 식칼로 욱이의 면상을 겨누어 치려 하였다.
순간, 욱이는 모화의 칼날을 왼쪽 귓전에 느끼며 그의 겨드랑이 밑

을 돌아 소반 위에 차려 놓은 냉수 그릇을 들어서 모화의 낯에다 그
릇째 끼얹었다. 이 서슬에 불이 기울어져 봉창에 붙었다. 욱이는 봉
창에서 방안으로 붙어 들어가는 불길을 잡으려고 부뚜막 위로 뛰
어올랐다. 그러자 물그릇을 뒤집어쓰고 분노에 타는 모화는 욱이의
뒤를 쫓아 칼을 두르며 부뚜막으로 뛰어올랐다. 봉창에서 방안으로
붙어 들어가는 불길을 덮쳐 끄는 순간, 뒷등허리가 찌르르하여 획
몸을 돌이키려 할 때 이미 피투성이가 된 그의 몸은 허옇게 이를 악
물고 웃음 웃는 모화의 품속에 안겨져 있었다.

위기 욱이가 모화의 칼에 찔림

욱이의 몸은 머리와 목덜미와 등허리에 세 군데 상처를 입었다.
그러나 욱이의 병은 이 세 군데 칼로 맞은 상처만이 아니었다. 그
는 날이 갈수록 갈비뼈가 앙상하게 드러나고 두 눈자위가 패어 들
기 시작했다.
모화는 욱이의 병 간호에 남은 힘을 다하여 그가 원하는 것이 있
으면 낮과 밤을 헤아리지 않고 뛰어갔다. 가끔 욱이를 일으켜 앉히
어서 자기의 품에 안아도 주었다. 물론, 약도 쓰고 굿도 하고 주문도
외웠다. 그러나 욱이의 병은 낫지 않았다.
모화는 욱이의 병 간호에 열중한 뒤부터 굿에는 그만큼 신명이
풀린 듯하였다. 누가 굿을 청하러 와도 아들의 병을 핑계로 대개 거
절을 했다. 그러자 모화의 굿이나 푸념의 반응이 이전과 같이 신령

---

27 위기감이 점차 고조됨.

하지 않다고들 하는 사람이 하나둘씩 생기기도 했다.

이러할 즈음, °이 고을에도 조그만 교회당이 서고 선교사가 들어왔다. 그리하여 그것은 바람에 불처럼 온 고을에 뻗쳤다. 읍내의 교회에서는 마을마다 전도대를 내보냈다. 그리하여 이 모화의 마을에까지 '복음'이 전파되었다.[28]

"여러 부모 형제 자매, 우리 서로 보게 된 것 하나님 앞에 감사드릴 것이오. 하나님 우리 만들었소. 매우 사랑했소. 우리 모두 죄인이올시다. 우리 마음속 매우 흉악한 것뿐이오. 그러나 예수 우리 위해 십자가에 못 박혔소. 그러므로 예수 그리스도 믿음으로 우리 구원받을 것이오. 우리 매우 반가운 뜻으로 찬송할 것이오. 하나님 앞에 기도드릴 것이오."

두 눈이 파랗고 콧대가 칼날 같은 미국 선교사를 보는 것은 원숭이 구경보다도 재미나다고들 하였다.

"돈은 한 푼도 안 받는다. 가자."

마을 사람들은 떼를 지어 모여들었다.

이 마을 방 영감네 이종 사촌 손자사위요, 선교사와 함께 온 양 조사(楊助事) 부인은 집집마다 심방하여 가로되,

"무당과 판수를 믿는 것은 거룩거룩하시고 절대적 하나밖에 없
는 우리 하나님 아버지께 죄가 됩니다. 무당이 무슨 능력이 있습니까. 보십시오, 무당은 썩어 빠진 고목나무나, 듣도보도 못하는 돌미륵한테도 빌고 절을 하지 않습니까. 판수가 무슨 능력이 있습니까. 보십시오, 제 앞도 못 보아 지팡이로 더듬거리는 그가 어떻게 눈 밝은 사람을 구원할 수 있겠습니까. 우리 인생을 만든 것은 절대적 하

점을 치는 소경

나밖에 없는 하나님 아버지올시다. 그러므로 아버지께서는 말씀하
셨습니다. 내 앞에 다른 신을 두지 말라……."

이리하여 하나님 아버지의 외아들 예수 그리스도가 온갖 사귀들
린 사람, 문둥병 든 사람, 앉은뱅이, 벙어리, 귀머거리 고친 이야기가
한정 없이 쏟아진다.

모화는 피 웃곤 했다.

"그까짓 잡귀신들."

그러나 그들의 비방과 저주는 뼛골에 사무치는 듯 그녀는 징을
울리고 꽹과리를 치며 외쳤다.

"엇쇠 귀신아, 물러서라.

당대 고축년에 얻어 먹던 잡귀신아,

늬 어이 모화를 모르나냐.

아니 가고 봐 하면 쉰 길 청수에

엄나무 발에, 무쇠 가마에, 백말 가죽에

늬 자자손손을 가두어 못 얻어먹게 하고

다시는 세상 밖에 내주지 아니하여

햇빛도 못 보게 할란다.

엇쇠 귀신아, 썩 물러가거라.

서역 십 만리로 꽁무니에 불을 달고,

두 귀에 방울 달고 왈강달강 왈강달강

---

28 전통적 무속세계가 현대적인 기독교에 의해 허물어지는 모습을 나타냄.

벼락같이 떠나거라."

그러나 '예수 귀신'들은 결코 물러나지 않았을 뿐 아니라, 점점 늘어만 갔다. 게다가, 옛날 모화에게 굿과 푸념을 빌러 다니던 사람들까지 하나둘씩 모두 예수 귀신이 들기 시작하였다.

이러는 동안 서울서 또 부흥 목사가 내려왔다. 그는 기도를 드려서 병을 고치는 능력이 있다 하여 온 고을 사람들이 모여들기 시작하였다. 그가 병자의 머리 위에 손을 얹고,

"이 죄인은 저의 죄로 말미암아 심히 괴로워하고 있사옵니다."

하고 기도를 올리면, 여자들이 *월수병 대하증²⁹ 쯤은 대개 '죄 씻음'을 받을 수 있었다. 그 밖에도 소경이 눈을 뜨고 앉은뱅이가 걷고, 귀머거리가 듣고, 벙어리가 말하고, 반신불수와 지랄병까지 저희 믿음 여하에 따라 모두 죄 씻음을 얻은 여자들의 은가락지 금반지가 나날이 수를 다투어 강단 위에 내걸리게 된다, 기부금이 쏟아진다, 이리 되면, 모화의 굿 구경에 견줄 나위가 아니라고들 하였다.

"양국놈들이 요술단을 꾸며 왔어."

모화는 픽 웃고 이렇게 말했다. 굿과 푸념으로 사람 속에 든 사귀 잡귀신을 쫓는 것은 지금까지 신령님께서 자기에게만 허락하신 자기의 특수한 권능이었다. 그리고 그의 신령님은 오늘날 예수꾼들이 그렇게도 미워하고 시기하는 고목이기도 했고, 미륵돌이기도 했고, 산이기도 했고, 물이기도 했다.

"무당과 판수를 믿는 것은 절대적 한 분밖에 안 계시는 거룩거룩하신 하나님 아버지께 죄가 됩니다."

예수 귀신들이 나발을 불고 북을 치며 비방을 하면, 모화는 혼자서 징을 울리고 꽹과리를 치며,

"꽁무니에 불을 달고, 두 귀에 방울 달고, 왈강달강 왈강달강, 서역 십만리로 물러서라, 잡귀신아."

이렇게 응수하곤 했다.

절정① 욱이의 부상과 기독교 세력의 부흥

욱이의 병은 그 해 가을 지나 겨울철에 들면서부터 표나게 악화되어 갔다. 모화가 가끔 간장이 녹듯 떨리는 음성으로,

"이것아 이것아, 늬가 이게 웬일이고? 머나먼 길에 에미라고 찾아와서 늬가 이게 무슨 꼴고?"

손을 잡고 눈물 흘리면,

"오마니, 너무 걱정하지 마시오. 나는 죽어서 우리 아버지께로 갈 것이오."

욱이는 조용히 이렇게 말했다. 그리고 무어 생각나는 게 없느냐고 물으면 °그는 조용히 고개를 돌렸다.³⁰

그러나 어미가 밖에 나가고 낭이가 혼자 있을 때엔 이따금 낭이의 손을 잡고,

"나 성경 한 권 가졌으면……."

하는 것이었다.

---

29 여성의 월경 및 생식기와 관련된 병.
30 욱이의 어머니에 대한 애증(愛憎)의 심정이 나타남.

이듬해 봄, 그가 세상을 떠나기 사흘 전에 그가 그렇게도 그리워하고 기다리던 현 목사가 평양에서 찾아왔다. 현 목사는 박 영감네 이종 사촌 손자사위인 양 조사의 인도로 뜰 안에 들어서자, 그 황폐한 광경과 역한 흙냄새에 미간을 찌푸리며,

"이런 가운데서 욱이가 살고 있소?"

양 조사에게 이렇게 물었다.

욱이는 양 조사가 들어오는 것을 보자 두 눈에 광채를 띠며,

"목사님, 목사님."

이렇게 두 번 불렀다.

현 목사는 잠자코 욱이의 여윈 손을 쥐었다. 별안간 그의 온 얼굴은 물든 것처럼 붉어지며 무수한 주름살이 미간과 눈꼬리에 잡혔다. 그는 솟아오르는 감정을 누르려는 듯이 한참 동안 눈을 감고 있었다.

양 조사는 긴장된 침묵을 깨뜨리려는 듯이 입을 열었다.

"경주에 교회가 이렇게 속히 서게 된 것은 이 분의 공로올시다."

그리하여 그의 말을 들으면, 욱이는 평양 현 목사에게 진정을 했고, 현 목사께서는 욱이의 편지에 의하여 대구 노회에 간청을 했고, 일방 경주 교인들은 욱이의 힘으로 서로 합심하여 대구 노회와 연락한 결과, 의외로 속히 교회 공사가 진척되었던 것이라 하였다.

현 목사가 의사와 함께 다시 오기를 약속하고 일어나려 할 때, 욱이는,

"목사님, 나 성경 한 권만 사 주시오."

했다.

현 목사는 손가방 속에서 자기의 성경책을 내 주었다. 성경책을 받아 쥔 욱이는 그것을 가슴에 안고 눈을 감았다. 그의 감은 눈에서는 이슬방울이 맺히었다.

절정② 욱이의 죽음

모화 집 마당에는 예년과 다름없이 잡풀이 엉기고 늙은 개구리와 지렁이들이 그 속에 웅크리고 있었다. 그녀는 그 동안 거의 굿을 나가지 않고, 매일 그 찌그러져 가는 묵은 기와집 잡초 속에서 혼자서 징 꽹과리만 울리고 있었다. 사람들은 모화가 인제 아주 미친 것이라 하였다. 모화는 부엌에다 오색 헝겊을 걸고, 낭이의 그림으로 기를 만들어 달고는, 사뭇 먹기조차 잊어버린 채 입술은 먹같이 검어지고 두 눈엔 날로 이상한 광채가 짙어갔다.

"서역 십만리 예수 귀신 돌아간다.
꽁무니에 불을 달고, 두 귀에 방울 달고 왈강달강 왈강달강,
엇쇠, 귀신아 썩 물러거가라.
늬 아니 가고 봐 하면, 쉰 길 청수에, 엄나무 바알에,
무쇠 가마에, 흰말 가죽에, 늬 자자손손을 다 가두어 죽일란다.
엇쇠! 귀신아!"

그녀는 날마다 같은 푸념으로 징, 꽹과리를 울렸다. 혹 술잔이나 가지고 이웃사람이 찾아가,

"모화네, 아들 죽고 섭섭해서 어쩌나?"

하면 그녀는 다만,

"우리 아들은 예수 귀신이 잡아갔소."

하고 한숨을 내쉬곤 했다.

*"아까운 모화 굿을 언제 또 볼꼬?"[31]

사람들은 모화를 아주 실신한 사람으로 치고 이렇게 아까워하곤 했다. 이러할 즈음에 모화의 마지막 굿이 열린다는 소문이 났다. 읍내 어느 부잣집 며느리가 '예기소'에 몸을 던진 것이었다. 그래 모화는 비단 옷 두 벌을 받고 특별히 굿을 응낙했다는 말도 났다. 그리고 이와 동시에 모화가 이번 굿에서 딸 낭이의 입을 열게 할 계획이라는 소문도 났다.

"흥, 예수 귀신이 진짠가 신령님이 진짠가 두고 보지."

이렇게 장담했다는 것이다. 사람들은 기대와 호기심에 들끓었다. 그들은 놀랍고 아쉬운 마음으로 산을 넘고 물을 건너 모여 들었다.

굿이 열린 백사장 서북쪽으로는 검푸른 솟물이 깊은 비밀과 원한을 품은 채 조용히 굽이 돌아 흘러내리고 있었다. (명주 꾸리 하나

연못 물

명주실을 감은 뭉치

들어간다는 이 깊은 소에는 해마다 사람이 하나씩 빠져 죽기 마련이라는 전설이 있다.)

백사장 위에는 수많은 엿장수, 떡장수, 술가게, 밥 가게들이 포장을 치고, 혹은 거적을 두르고 득실거렸고, 그 한복판 큰 차일 속에서 굿은 벌어져 있었다. 청사, 홍사, 녹사, 백사, 황사의 오색사 초롱이 꽃송이같이 여기저기 차일 아래 달리고 그 초롱불 밑에서 떡시루,

탁주 동이, 돼지 *통새미[32]들이 온 시루, 온 동이, 온 마리째 놓인 대감상, 무더기 쌀과 타래 실과 곶감 꼬치, 두부를 놓은 제석상과, 삼색 실과에 백설기와 소채 소탕에 자반, 유과들을 차려 놓은 미륵상과, 열두 가지 산채로 된 산신상과, 열두 가지 해물을 차린 용신상과, 음
산나물
식이란 음식마다 한 접시씩 놓은 골목상과, 냉수 한 그릇만 놓은 모화상과 이 밖에도 여러 가지 크고 작은 전물상들이 쭉 늘어놓아져 있었다.

이 날 밤 모화의 얼굴에는 평소에 볼 수 없던 *정숙하고 침착한 빛[33]이 서려 있었다. 어제같이 아들을 잃고 또 새로 들어온 예수교도들로부터 가지각색 비방과 구박을 받아 오던 그녀로서는 의아스러우리만큼 새침하게 가라앉아 있어, 전날 달밤으로 산에 기도를 다닐 적의 얼굴을 연상케 했다. 그녀는 전날과 같이 여러 사람 앞에서 아양을 부리거나 수선을 떨지도 않았다. 그러나 그녀는 그 호화스러운 전물상들을 둘러보고도 만족한 빛 한번 띠지 않고, 도리어 비웃듯이 입을 비쭉거렸다.

"더러운 년들, 전물상만 잘 차리면 그만인가."

입 밖에 내어 놓고 빈정거리기까지 하였다. 그러자 자리에서는 모화가 오늘밤 새로운 귀신이 지핀다고들 수군거리기 시작했다. 그 가운데 한 여자가 돌연히,

"아 죽은 김씨 혼신이 덮였군."

31 모화의 죽음과 비극적 결말 암시.
32 가르거나 쪼개지 않은 것
33 비장함을 엿볼 수 있음.

하자 다른 여자들도,

"바로 그 김씨가 들렸다. 저 청승맞도록 정숙하고 새침한 얼굴 좀 봐라. 그리고 모화네가 본디 어디 저렇게 이뻤나, 아주 김씨를 덮어 썼구먼."

이렇게들 수군댔다. 이와 동시, 한쪽에서는 오늘 밤 굿으로 어쩌면 정말 낭이가 말을 하게 될 게라는 얘기도 퍼졌고, 또 한쪽에서는 *낭이가 누구 아이인지는 모르지만 배가 불러 있다는 풍설도 돌았다.[34] …… 하여간 이 여러 가지 소문들이 오늘 밤 굿으로 해결이 날 것이라고 막연히 그녀들은 믿고 있는 것이었다. 모화는 김씨 부인이 처음 태어났을 때부터 물에 빠져 죽을 때까지의 사연을 한참씩 넋두리하다가는 전악들의 젓대, 피리, 해금에 맞추어 춤을 덩실거렸다. *그녀의 음성은 언제보다도 더 구슬펐고 몸뚱이는 뼈도 살도 없는 율동(律動)으로 화한 듯 너울거렸고…… 취한 양, 얼이 빠진 양 구경하는 여인들의 숨결은 모화의 쾌잣자락만 따라 오르내렸다. 모화의 쾌잣자락은 모화의 숨결을 따라 나부끼는 듯했고, 모화의 숨결은 한 많은 김씨 부인의 혼령을 받아 청승에 자지러진 채, 비밀을 품고 조용히 굽이돌아 흐르는 강물과 함께 자리를 옮겨 가는 하늘의 별들을 삼킨 듯했다.[35]

<small>예기소의 물</small>

밤중이나 되어서였다.

혼백이 건져지지 않는다는 것이었다. 화랑이들과 작은 무당들이 몇 번이나 초망자(招亡者)줄에 밥그릇을 달아 물 속에 던져도 밥그

<small>죽은 이의 넋을 건지는 도구</small>

릇 속에 죽은 사람의 머리카락이 들어오지 않는 것으로 보아 김씨

가 초혼에 응하질 않는 모양이라 하였다.

작은 무당 하나가 초조한 낯빛으로 모화의 귀에 입을 바짝 대며,

"여태 혼백을 못 건져서 어떡해?"

하였다.

모화는 조금도 서둘지 않고 오히려 당연하다는 듯이 손수 넋대를 잡고 물가로 들어섰나.

초망자 줄을 잡은 화랑이는 넋대가 가리키는 방향으로 이리저리 초혼 그릇을 물속에 굴렸다.

"일어나소, 일어나소,

서른 세 살 월성 김씨 대주 부인,

방성으로 태어날 때 칠성에 복을 빌어."

모화는 넋대로 물을 휘저으며 진정 목이 멘 소리로 혼백을 불렀다.

"꽃같이 피난 몸이 옥같이 자란 몸이,

양친 부모도 생존이요, 어린 자식 뉘어 두고,

검은 물에 뛰어들 제 용신님도 외면이라,

치마폭이 봉긋 떠서 연화대를 타단 말가,

*삼단머리 흐트러져 물귀신이 되단 말가."[36]

---

34 욱이와의 근친상간 암시.

35 치밀한 묘사로 모화가 접신 상태에 들어감을 나타냄.

36 겉으로는 김씨 부인의 죽음을 나타내지만 속으로는 모화 자신의 죽음에 대한 암시가 강하게 드러나 있음.

모화는 넋대를 따라 점점 깊은 물속으로 들어갔다. 옷이 물에 젖어 한 자락 몸에 휘감기고, 한 자락 물에 떠서 나부꼈다. 검은 물은 그녀의 허리를 잠그고, 가슴을 잠그고, 점점 부풀어 오른다…….

그녀는 차츰 목소리가 멀어지며 넋두리도 허황해지기 시작했다.

"가자시라 가자시라 이수중분 백로주로,
불러 주소 불러 주소 우리 성님 불러 주소,
봄철이라 이 강변에 복숭아 꽃이 피그덜랑,
소복 단장 낭이 따님 이내 소식 물어 주소,
첫 가지에 안부 묻고, 둘째 가……."

할 즈음, 모화의 몸은 그 넋두리와 함께 물속에 아주 잠겨 버렸다.
처음엔 쾌잣자락이 보이더니 그것마저 잠겨 버리고, 넋대만 물 위에 빙빙 돌다가 흘러내렸다.

결말 모화의 마지막 굿과 죽음

열흘쯤 지난 뒤다.
동해변 어느 길목에서 해물 가게를 보고 있다던 체수 조그만 사내가 나귀 한 마리를 몰고 왔을 때, 그 때까지 아직 몸이 완쾌하지 못한 낭이가 퀭한 눈으로 자리에 누워 있었다.
사내는 낭이에게 흰죽을 먹이기 시작했다.
"아버으이."
낭이는 그 아버지를 보자 이렇게 소리를 내어 불렀다. 모화의 마지막 굿이(떠돌던 예언대로) 영검을 나타냈는지 그녀의 말소리는 전에 없이 알아들을 만도 했다.

다시 열흘이 지났다.

"여기 타라."

사내는 손으로 나귀를 가리켰다.

"......."

낭이는 잠자코 그 아버지가 시키는 대로 나귀 위에 올라앉았다.

그네들이 떠난 뒤엔 아무도 그 집을 찾아오는 사람이 없었고, 밤이면 그 무성한 잡풀 속에서 모기들만이 떼를 지어 울었다.

에필로그 아버지가 낭이를 데리고 떠남

출전 : 『중앙』, 1936

경주읍에서 조금 떨어진 집성촌 마을에 무녀 모화와 그녀의 딸 낭이가 살았다. 무녀 모화에게는 네 식구가 있었다. 사생아인 아들 욱이와 딸 낭이. 그녀의 남편은 해물장수를 하고 있었다.

욱이는 사생아인 이유로 동네에 있기가 힘들어 일찍이 절간으로 보내졌는데, 모화가 굿을 하면서 낭이와 지내고 있었던 중 어느 날 갑자기 돌아왔다. 하지만 욱이는 절간으로 간 것이 아니라 교회로 가서 외국인 신부와 외국으로 나가려다 어머니 생각이 나서 잠시 돌아왔던 것이다. 인사만 하고 떠나려고 했지만 여러 가지 일이 생겨 떠나지 못하다가 어머니의 칼에 맞는다.

욱이가 죽고 난 뒤에도 계속 예수교는 퍼져서 모화의 굿을 보러 오는 사람은 적어지고, 서서히 사람들도 모화를 미친 사람 취급하게 된다. 그런 어느 날, 그녀는 물에 빠진 젊은 여인의 혼백을 건지는 굿을 하게 되는데, 굿을 하던 도중 혼백을 건지려다 모화까지 물에 빠져 죽게 된다.

모화가 죽은 지 열흘 후 낭이의 아버지가 나귀를 한 마리 끌고 와서 낭이를 데리고 귀한 집안에 찾아가 무녀도를 그려주고 낭이의 내력을 가르쳐 주고, 대가를 받으며 정처없이 떠돌았다. 그들이 떠난 뒤엔 아무도 그 집을 찾아오는 사람이 없었고, 밤이면 그 무성한 잡풀 속에서 모기들만이 떼를 지어 울었다.

작가 파일

김동리 1913~1995

소설가로 경북 경주에서 태어났다. 그는 인간성 옹호에 바탕을 둔 순수문학을 지향했으며 8·15 해방 직후 좌익문단에 맞서 논쟁을 벌이기도 했다. 그의 작품은 기본적으로 인간성 옹호에 있으면서도, 토속적 샤머니즘 세계에 바탕을 둔 한국적 인간상을 철저히 조명하고 있다. 주요 작품에 「황토기」, 「무녀도」, 「사반의 십자가」, 「등신불」 등이 있다.

1 이 소설은 액자소설의 형식을 취하고 있다. 그러한 형식이 갖는 장점
  에 대해 말해 보자.

2 다음에 제시된 여러 갈등을 해소할 수 있는 방안에 대해 말해 보자.

> 가) 전통사회와 현대사회의 갈등
>
> 나) 민족 종교(종파) 문화 등의 차이로 인한 갈등
>
> 다) 종족과 국가 간의 이해관계에 의한 전쟁
>
> 라) 현대사회의 급속한 발전과 새롭게 나타나는 가치갈등
>
> 마) 가치의 다양성 증가에 따라 가치갈등은 더욱 폭넓고 복잡
>   해짐
>
> 바) 현재도 세계 곳곳에서 종교분쟁, 테러, 전쟁 등이 지속적으
>   로 발생함

이 소설은 주로 인물 묘사를 통해 고통받고 소외된 세 노인의 내면을 서정적 필치로 그리고 있다. 작가는 세 노인의 삶을 세밀히 묘사함으로써 그들의 고적함과 슬픔, 무너져 가는 가족 관계를 보여 주지만 등장인물들이 처한 문제의 원인을 직접적으로 파헤치지는 않는다. 그러나 치밀한 묘사를 통한 문제의식을 넌지시 제시하고 있으며, 그리하여 불행한 인물의 고통을 동정하는 인간애의 정신을 보여준다.

능력 없고 소외된 세 노인의 각기 다른 삶의 방식이 주요 내용인 이 소설은 시간적으로는 순차적인 진행방식이며 단일한 사건 전개의 단일한 구성으로 안 초시가 추구하게 되는 욕망과 그 좌절에 이은 자살이 내용 전개의 중심 기둥이다. 물질주의와 자신의 출세에 사로잡혀 있는 안 초시의 딸을 통해 작가는 인간적 허세를 비판하기도 하는데, 우리는 요즘 현대사회의 사회 문제로 대두되고 있

이태준

복덕방

는 노인 문제와 결부시켜 이 작품을 읽어도 좋겠다.

갈래 단편소설,
배경 시간 : 1930년대
　 공간 : 서울의 한 복덕방
시점 3인칭 전지적 작가 시점
주제 소외된 노인들의 삶과 죽음

철썩, 앞집 판장(板牆) 밑에서 물 내버리는 소리가 났다. 주먹
　　 널빤지로 만든 울타리
구구에 골똘했던 안 초시(安初試)에게는 놀랄 만한 폭음이었던지,
　　　　　　 과거의 첫 시험 또는 그 시험에 합격한 사람
다리 부러진 돋보기 너머로, 똑 모이를 쪼으려는 닭의 눈을 해 가지
고 수챗 구멍을 내다본다. 뿌연 뜨물에 휩쓸려 나오는 것이 여러 가
지다. 호박 꼭지, 계란 껍데기, 거피해 버린 녹두 껍질.
　　　　　　　　　 껍질을 벗긴
　"녹두 빈자떡을 부치는 게로군. 흥······."
　　　 빈대떡
한 오륙 년째 안 초시는 말끝마다 "젠장······."이 아니면
"흥!"하는 코웃음을 잘 붙이었다.
　"추석이 벌써 낼 모래지! 젠장······."
　안 초시는 저도 모르게 입맛을 다셨다. 기름내가 코에 풍기는 듯
대뜸 입 안에 침이 흥건해지고, 전에 괜찮게 지낼 때 충치니 풍치니
하던 것은 거짓말이었던 것처럼 아래윗니가 송곳 끝같이 날카로워
짐을 느끼었다.

등장인물

이 소설에는 서 참의, 안 초시, 박희완, 안 초시의 딸이 등장한다.
서 참위는 젊었을 때는 무인으로서 기개가 넘쳤지만 현재는 복덕방을 하며
현재의 삶에 불만이 많다. 과거의 화려했던 시절을 그리워하며
현실의 삶에 비애를 느끼는 인물이다. 안 초시는 과거에 한밑천 잡은 경력이 있지만,
지금은 딸에게 생활을 의존하고 있고 복덕방에서 소일한다.
궁색한 형편에 땟국이 질질 흐르는 옷소매를 바라보며 비애에 젖는다.
박희완 노인은 대서업을 하겠다고 틈틈이 공부도 하지만 허가가 나오지 않고,
안 초시와 땅 투기로 낭패를 본다. 안 초시의 딸은 아버지에 대해서까지도
타산적이고 차갑기 짝이 없는 냉정한 인간이다.

안 초시는 그 날카로워진 이를 빈 입인 채 빠드득 소리가 나게 한 번 물어 보고 고개를 들었다.

하늘은 천리같이 트였는데 조각구름들이 여기저기 널렸다. 어떤 구름은 깨끗이 바래 말린 옥양목처럼 흰빛이 눈이 부시다. 안 초시는 이내 자기의 *때 묻은 적삼[1] 생각이 났다. 소매를 내려다보는 그의 얼굴은 날래 들리지 않는다. 거기는 한 조박의 녹두 빈자나 한 잔의 약주로써 어쩌지 못할, 더 슬픔과 더 고적함이 품겨 있는 것 같았다.

　　　　　　　　　　＊술을 걸러내고 남은 찌꺼기

혹혹 소매 끝을 불어보고 손끝으로 투겨 보기도 하다가 목침을 세우고 눕고 말았다.

"이사는 팔 하고 사오는 이십이라 천이 되지…… 가만…… 천이

---

1 '하늘', '구름' 등 앞에 나온 배경묘사와 대조를 이루면서 소외된 노인의 외로움과 가난한 생활을 간접적으로 나타냄.

라? 사루 했으니 사 천이라 사천 평…… 매 평에 아주 줄여 잡아 오 원씩만 하게 돼두 사 원 칠십오 전씩이 남으니 그럼…… 사사는 십육 일만 육천 원 하구…….”

안 초시가 다시 주먹구구를 거듭해서 얻어낸 총액이 일만구천 원, 단 천 원만 들여도 일만구천 원이 되리라는 셈속이니, 만 원만 들이면 그게 얼만가? 그는 벌떡 일어났다. 이마가 화끈해졌다. 되사렸던 무릎을 얼른 곧추세우고 뒤나 보려는 사람처럼 쪼그렸다. 마코갑이 번연히 빈 것인 줄 알면서도 다시 집어다 눌러 보았다. 주머니에는 단돈 십 전, 그도 안경다리를 고친다고 벌써 세 번 짼가 네 번 짼가 딸에게서 사오십 전씩 얻어 가지고는 번번이 담뱃값으로 다 내어 보내고 말던 최후의 십 전, 안 초시는 주머니에 손을 넣어 그것을 집어내었다. 백통화 한 푼을 얹은 야윈 손바닥에, 가만히 떨
_{백동전}
리었다. 서 참위(徐參尉)의 투박한 손을 생각하면 너무나 얇고 잔
_{구한말때의 무인 계급의 하나}
망스러운 손이거니 하였다. 그러나, 이따금 술잔을 얻어먹고, 이렇
_{체질이 몹시 잔약하고 행동이 경망한}
게 내 방처럼 그의 복덕방에서 잠까지 빌어 자건만 한 번도, 집거간
_{사이에 들어가 흥정을 붙임}
이나 해먹는 서 참의의 생활이 부럽지는 않았다. °그래도 언제든지 한 번쯤은 무슨 수가 생겨 다시 한 번 내 집을 쓰게 되고, 내 밥을 먹게 되고, 내 힘과 내 낯으로 다시 한 번 세상에 부딪쳐 보려니 믿어졌다.[2]

초시는 전에 어떤 관상쟁이의 “엄지손가락을 안으로 넣고 주먹을 쥐어야 재물이 나가지 않는다.”는 말이 생각났다. 늘 그렇게 쥐노라고는 했지만 문득 생각이 나서 내려다볼 때는, 으레 엄지손가락이 얄밉도록 밖으로 쥐어져 있었다. 그래 드팀전을 하다가도 실패
_{옷감을 파는 가게}

를 하였고, 그래 집까지 잡혀서 장전을 내었다가도 그만 화재를 보
  장롱, 찬장 따위를 파는 가게
았거니 하는 것이다.

"이놈의 엄지손가락아, 안으로 좀 들어가아, 젠장."

하고 연습 삼아 엄지손가락을 먼저 안으로 넣고 아프도록 두 주
먹을 꽉 쥐어 보았다. 그리고 당장 내어보낼 돈이면서도 그 십 전짜
리를 그렇게 진 주먹에 단단히 넣고 담배가게로 나갔다.

발단 일확천금을 꿈꾸는 안 초시

이 *복덕방³에는 흔히 세 늙은이가 모이었다.

언제, 누가 와서, 집 보러 가잘지 몰라, 늘 갓을 쓰고 앉아서 행길
을 잘 내다보는, 얼굴 붉고 눈방울 큰 노인은 주인 서 참위이다. 참
위로 다니다가 합병(1910년) 후에는 다섯 해를 놀면서 시기를 엿보
았으나 별 수가 없을 것 같아서 이럭저럭 심심 파적으로 갖게 된 것
                                    심심풀이
이 이 가옥 중개업(家屋仲介業)이었다. 처음에는 겨우 굶지 않을
만한 수입이었으나 *대정 팔구⁴ 년 이후로는 시골 부자들이 세금
(稅金)에 몰려, 혹은 자녀들의 교육을 위해 서울로만 몰려들고, 그
런데다 돈은 흔해져서 관철동(貫鐵洞)·다옥정(茶屋町) 같은 중앙
지대에는 그리 고옥만 아니면 만 원대를 예사로 훌훌 넘었다. 그 판
       지은 지 오래 된 집
에 봄가을로 어떤 달에는 삼사백 원 수입이 있어, 그러기를 몇 해를

---

2 일확천금을 꿈꾸는 안 초시. 이는 작가의 말로 전지적 작가시점임을 알게 해 줌.

3 소외된 세 노인의 생활 공간.

4 일본은 왕이 바뀔 때마다 연호를 사용했는데, 대정 1년은 1912년, 따라서 대정 8년은
  1919년.

옛날 복덕방 모습. 안 초시와 서 참위 그리고 박휘완 영감은 복덕방에서 무료하게 일상을 보낸다.

지나 가회동(嘉會洞)에 수십 칸의 집을 세웠고 또 몇 해 지나지 않아서는 창동(倉洞) 근처에 땅을 장만하기 시작하였다. 지금은 중개업자도 많이 늘었고 건양사(建陽社) 같은 큰 건축 회사(建築會社)가 생겨서 당자끼리 직접 팔고 사는 것이 원칙처럼 되어 가기 때문에 중개료의 수입은 전보다 훨씬 줄은 셈이다. 그러나 이십여 간 집에 학생을 치고 싶은 대로 치기 때문에 서 참위의 수입이 없는 달이라고 쌀값이 밀리거나 나무 값에 졸릴 형편은 아니다.

"세상은 먹구 살게는 마련야……."

서 참위가 흔히 하는 말이다. *칼을 차고 훈련원에 나서 병법을 익힐 제는, 한 번 호령만 하고 보면 산천이라도 물러설 것 같던, 그 기개와, 오늘의 자기, 한낱 가쾌(家儈)로 복덕방 영감으로 기생·갈보 따위가 사글세방 한 칸을 얻어 달래도 녜ㅡ녜ㅡ하고 따라 나서야 하는,[5] 만인의 심부름꾼인 것을 생각하면 서글픈 눈물이 아니 날 수도 없는 것이다. 워낙 술을 즐기기도 하지만 어떤 때는 남 몰래 이런 감회(感懷)를 이기지 못해서 술집에 들어선 적도 여러 번이다.

집의 흥정을 붙이는 일

그러나 호반[武人]들의 기개란 흔히 혈기(血氣)에서 나오는 것이기 때문인지 몸에서 혈기가 줆을 따라 그런 감회를 일으킴조차 요즘은 적어지고 말았다. 하루는 집에서 점심을 먹다 듣노라니 무슨 장사치의 외우는 소리인데 아무래도 귀에 익은 목청이다. 자세히 귀를 기울이니 점점 가까이 오는 소리인데 제법 무엇을 사라는 소

줄어듦

외치는

5 서 참위의 과거와 현재에 대한 대조적 서술을 통해 작가는 은연 중 민족적 울분을 나타내고 있음.

리가 아니라 "유리병이나 간장통 팔겠소."하는 소리이다. 그런데 그 목청이 보면 꼭 알 사람 같아, 일어서 마루 들창으로 내어다 보니 이 번에는 "가마니나 신문 잡지나 팔겠소."하면서 가마니 두어 개를 지고 한 손에는 저울을 들고 중노인이나 된 사람이 지나가는데 °아는 사람은 확실히 아는 사람이다. 그러나 그를 어디서 알았으며 성명이 무엇이며 애초에는 무엇을 하던 사람인지가 감감해지고 말았다.[6]

"오오라! 그렇군…… 분명…… 저런!"
하고 그는 한참만에 고개를 끄덕였다. 그 유리병과 간장 통을 외우는 소리가 골목 안으로 사라져 갈 즈음에야 서 참의는 그가 누구인 것을 깨달아 낸 것이다.
°"동관(同官) 김 참위…… 허!"[7]
나이는 자기보다 훨씬 연소하였으나 학식과 재기가 있는 데다 호령 소리가 좋아 상관에게 늘 칭찬을 받던 청년 무관이었었다. 이십여 년 뒤에 들어도 갈 데 없이 그 목청이요, 그 모습이었다. 전날의 그를 생각하고 오늘의 그를 보니 적이 감개가 사무치어 밥숟가락을 멈추고 냉수만 거듭 마시었다.
그러나 전에 혈기 있을 때와 달리 그런 기분이 오래 가지는 않았다. 중학교 졸업반인 둘째 아들이 학교에 갔다 들어서는 것을 보고, 또 싸전에서 쌀값 받으러 와 마누라가 선선히 시퍼런 지전을 내어 헤이는 것을 볼 때 서 참의는 이내 속으로,
'거저 살아야지 별수 있나. 저렇게 개가죽을 쓰고 돌아다니는 친구도 있는데…… 에헴.'

하였을 뿐 아니라 그런 절박한 친구에다 대면 자기는 얼마나 훌륭한 지체냐 하는 자존심도 없지 않았다.

*'지난 일 그까짓 생각할 건 뭐 있나. 사는 날까지…… 허허.'[8]

여생을 웃으며 살 작정이었다. 그래 그런지 워낙 좀 실없는 티가 있는 데다 요즘 와서는 누구에게나 농지거리가 늘어갔다. 그래 늘 눈이 달리고 뽀르퉁한 입으로는 말끝마다 '젠장' 소리만 나오는 안 초시와는 성미가 맞지 않았다.

"쫌보야 술 한잔 사주랴?"

쫌보라는 말이 자기를 업신여기는 것 같아서 안 초시는 이내 발끈해 가지고,

"네깟놈 술 더러워 안 먹는다."

한다.

"화토패나 밤낮 떼면 너이 어멈이 살아온다덴?"

하고 서 참위가 발끝으로 화투장들을 밀어 던지면 *그만 얼굴이 새빨개져서 쩨근쩨근하다가 부채면 부채, 담뱃갑이면 담뱃갑, 자기의 것을 냉큼 집어들고 다시 안 올 듯이 새침해 나가 버리는 것이다.[9]

"조게 계집이문 천생 남의 첩감이야."

하고 서 참위는 껄껄 웃어 버리나 안 초시는 이렇게 돼서 올라가

---

6 독자의 궁금증을 일으킴.

7 시대 변화에 따른 맥수지탄(麥秀之嘆)을 느끼게 함. 맥수지탄은 중국의 기자(箕子)가 은나라가 망한 후에, 폐허가 된 도읍지에 보리만 부질없이 자라는 것을 보고 한탄했다는 말에서 유래한 것으로, 멸망한 고국에 대한 한탄을 나타냄.

8 화를 잘 내는 안 초시와는 대조적인 서 참위의 성격을 엿볼 수 있음.

9 행동을 통한 안 초시의 성격 묘사.

면 한 이틀씩 보이지 않았다.

　한 번은 안 초시의 딸의 무용회(舞踊會) 날 밤이었다. 안경화(安京華)라고, 한동안 *토월회(土月會)[10]에도 다니다가 대판(大阪)에 <u>오사카</u> 가 있느니 동경(東京)에 가 있느니 하더니 오륙 년 뒤에 무용가노라 이름을 날리며 서울에 나타났다. 바로 제일 회 공연날 밤이었다. 서 참위가 조르기도 했지만, 안 초시도 딸의 사진과 이야기가 신문마다 나는 바람에 어깨가 으쓱해서 공표를 얻을 수 있는 대로 얻어 가지고 서 참위뿐 아니라 여러 친구를 돌라줬던 것이다.

　"허! 저기 한가운데서 지금 한창 다리짓하는 게 자네 딸인가?"

　남은 다 멍멍히 앉았는데 서 참의가 해괴한 것을 보는 듯, 마땅치 않은 어조로 물었다.

　"무용이란 건 문명국일수록 벗구 한다네그려."

　약기는 한 안 초시는 미리 이런 대답을 하였다.

　"모르겠네 원…… 지금 총각 놈들은 모두 등신인가 봐……."

　"왜?"

　하고 이번에는 다른 친구가 탄 하였다.

　"우린 총각 시절에 저런 걸 봤대문 그냥 못배기네."

　"빌어먹을 녀석…… 나이 값을 못 하구 개야 저건 개……."

　벌써 안 초시는 분통이 발끈거려서 나오는 소리였다.

　한 가지가 끝나고 불이 환하게 켜졌을 때였다.

　"도루, 차라리 여배우 노릇을 댕기라구 그래라. 여배운 그래두 저렇게 넓적다린 내놓구 덤비지 않더라."

　*"그 자식 오지랖 경치게 넓네.[11] 네가 안방 건넌방이 몇 칸이요나

알았지 뭘 쥐뿔이나 안다구 그래? 보기 싫건 나가렴."

하고 안 초시는 화를 빨끈 내었다. 그러니까 서 참의도 안방 건넌
방 말에 화가 나서 꽤 높은 소리로

"넌 또 뭘 아니? 요 좀보야."

하고 일어서 버렸다.

이 일이 있은 후 안 초시는 거의 달포나 서 참위의 복덕방에 나오
지 않았었다. 그런 걸 박희완(朴喜完) 영감이 가서 데리고 왔었다.
한 달 보름

전개① 서 참위의 인물 소개

박희완 영감이란 세 영감 중 하나로 안 초시처
럼 이 복덕방에 와 자기까지는 안 하나 꽤 쏠쏠히
놀러 오는 늙은이다. 아니 놀러 오기만 하는 것이
아니라 와서는 공부도 한다. 재판소에 다니는 조
카가 있어 °대서업(代書業)12운동을 한다고 『속
수 국어 독본(速修國語讀本)』을 노상 끼고 와서
그 『삼국지(三國志)』 읽던 투로,

속수 국어 독본 일제 강점기 때의 일본어
교재.

"긴상 도꼬에 이끼마쓰까(김 선생 어디에 갑니까)."

어쩌고를 외우고 있는 것이다.

그러나 『속수 국어 독본』 뚜껑이 손때에 절고, 또 어떤 때는 목침
위에 받쳐 베고 낮잠도 자서 머리때까지 새까맣게 절어 조선 총독

10 1922년 박승희 등 동경 유학생을 중심으로 조직된 신극의 극단.
11 '오지랖이 넓다'는 주제넘게 남의 일에 참견하는 사람을 가리킴.
12 다른 사람 대신 문서 따위를 써 주고 돈을 받는 직업.

부 편찬(朝鮮總督府編纂)이란 잔 글자들은 보이지 않게 되도록, 대서업 허가는 의연히 나오지 않는 모양이었다.

"너나 내나 다 산 것들이 업은 가져 뭘 허니 무슨 세월에……
흥!"

하고 어떤 때, 안 초시는 한나절이나 화투 패를 떼다 안 떨어지면 그 화풀로 박희완 영감이 들고 중얼거리는 『속수 국어 독본』을 툭 채어 행길로 팽개치며 그랬다.

"넌 또 무슨 재술 바라구 밤낮 화토패나 떨어지길 바라니?"

"난 심심풀이지."

그러나 속으로는 박희완 영감보다 더 세상에 대한 야심이 끓었다. 딸이 평양으로 대구로 다니며 지방 순회까지 하여서 제법 돈냥이나 걷힌 것 같으나 연구소를 내느라고, 집을 뜯어고친다, 유성기를 사들인다, 교제를 하러 돌아다닌다 하노라고, 더구나 귀찮게만 아는 이 애비를 위해 쓸 돈은 예산에부터 들지 못하는 모양이었다.

"얘! 낡은 솜이 돼 그런지, 샀바느질이 돼 그런지, 바지 솜이 모두 치어서 어떤 덴 홑옷이야. 암만 해두 사쓸를 한 벌 사 입어야겠다."

하고 딸의 눈치만 보아 오다 한번은 입을 열었더니,

"어련이 인제 사 드릴라구요."

하고 딸은 대답은 선선하였으나 셔츠는 그해 겨울이 다 지나도록 구경도 못하였다. 셔츠는커녕 안경다리를 고치겠다고 돈 일 원만 달래도 일 원짜리를 굳이 바꿔다가 오십 전 한 닢만 주었다. 안경은 돈을 좀 주무르던 시절에 장만한 것이라 테만 오륙 원 먹

은 것이어서 오십 전만으로 그런 다리는 어림도 없었다. 오십 전
짜리 다리도 있지만 살 바에는 조촐한 것을 택하던 초시의 성미
라 더구나 면상에서 짝짝이로 드러나는 것을 사기가 싫었다. 차
라리 종이 노끈인 채 쓰기로 하고 오십 전은 담뱃값으로 나가고
말았다.

"왜 안경나린 안 고치셨어요?"

딸이 그날 저녁으로 물었다.

"흥⋯⋯."

초시는 말을 하지 않았다. 딸은 며칠 뒤에 또 오십 전을 주었다.
그러면서 어떻게 들으라고 하는 소리인지,

"아버지 보험료만 해두 한 달에 삼 원 팔십 전씩 나가요."

하였다. 보험료나 타 먹게 어서 죽어 달라는 소리로도 들렸다.

"그게 내게 상관 있니?"

"아버지 위해 들었지 누구 위해 들었게요, 그럼?"

초시는 '정말 날 위해 하는 거문 살아서 한 푼이라두 다오. 죽은
뒤에 내가 알게 뭐냐.' 소리가 나오는 것을 억지로 참았다.

"오십 전 이문 왜 안경다릴 못 고치세요?"

초시는 설명하지 않았다.

"지금 아버지가 좋고 낮은 걸 가리실 처지야요?"

그러나 오십 전은 또 마코값으로 다 나갔다. 이러기를 아마 서너
번째다.

"자식도 소용없어. 더구나 딸자식⋯⋯ 그저 내 수중에 돈이 있어
야⋯⋯."

1930년대 남산 일대의 거리와 주택 모습.

•초시는 돈의 긴요성(緊要性)을 날로날로 더욱 심각하게 느꼈다.[13]

"돈만 가지면야 좀 좋은 세상인가!" 심심해서 운동 삼아 좀 나다녀 보면 거리마다 짓느니 고층 건축(高層建築)들이요 동네마다 느느니 그림 같은 문화 주택(文化住宅)들이나. 조금만 정신을 놓아도 물에서 갓 튀어나온 미여기처럼 미끈미끈한 자동차가 등덜미에서 소리를 꽥 지른다. 돌아다보면 운전수는 눈을 부릅떴고 그 뒤에는 금시계 줄이 번쩍거리는 살진 중년 신사가 빙그레 웃고 앉았는 것이었다.

메기

"예순이 낼 모레…… 젠장할 것"

초시는 늙어 가는 것이 원통하였다. 어떻게 해서나 더 늙기 전에 적게 돈 만원이라도 붙들어 가지고 내 손으로 다시 한 번 이 세상과 교섭해 보고 싶었다. 지금 이 꼴로서야 문화주택이 암만 서기로 내게 무슨 상관이며 자동차·비행기가 개미떼나 파리 떼처럼 퍼지기로 나와 무슨 인연이 있는 것이냐. 세상과 자기와는 자기 손에서 돈이 떨어진, 그 즉시로 인연이 끊어진 것이라 생각하였다.

'그러면 송장이나 다름없지 뭔가?'

초시는 이런 질문을 자신에게 던진 지가 이미 오래였다.

'무슨 수가 없을까?'

또,

---

13 안 초시의 심리적 절박감을 나타냄. 이후 벌어질 사건에 대한 암시 역할을 함.

‘무슨 *그루테기[14]가 있어야 비비지!’

그러다가도,

‘그래도 돈냥이나 엎질러 본 녀석이 벌기도 하는 게지.’

하고 그야말로 무슨 그루터기만 만나면 꼭 벌기는 할 자신이었다.

전개② 박희완 영감 소개와 안 초시의 가난한 생활

*그러다가 박희완 영감에게서 들은 말이었다.[15]

관변에 있는 모 유력자를 통해 비밀리에 나온 말인데 황해 연안
(黃海沿岸)에 제이의 나진(羅津)이 생긴다는 말이었다. 지금은 관
청에서만 알뿐이나 축항 용지(築港用地)는 비밀리에 매수되었으
므로 불원하여 당국자로부터 공표(公表)가 있으리라는 것이다.

> 머지않아

“그럼 거기가 황무진가? 전답들인가?”

초시는 눈이 뻘개 물었다.

“밭이라데.”

“밭? 그럼 매평 얼마나 간다나?”

“좀 올랐대. 관청에서 사는 바람에 아무리 시골 사람들이기루 그
만 눈치 없겠나. 그래두 무슨 일루 관청서 사는 진 모르거든……”

“그래?”

“그래 그리 오르진 않았대…… 아마 평당 이십 오륙 전씩이면 살
수 있다나 보데. 그러니 화중지병이지 뭘 허나 우리가……”

> 그림의 떡

“음……”

초시는 관자놀이가 욱신거렸다. 정말이기만 하면 한 시각이라도
먼저 덤비는 놈이 더 남는 판이다. 나진도 오륙 전 하던 땅이 한번

개항된다는 소문이 나자 당년으로 오륙 전의 백배 이상이 올랐고 삼사 년 뒤에는, 땅 나름이지만 어떤 요지(要地)는 천 배 이상이 오른 데가 많다.

"다 산 나이에 오래 끌건 뭐 있나. 당년으로 넘겨두 최소한도 오 원씩야 무려할테지……"

혼자 생각한 초시는,

"대관절 어디란 말야 거기가?"

하고 나앉으며 물었다.

"그걸 낸들 아나?"

"그럼?"

"그 모씨라는 이만 알지. 그러게 날더러 단 만 원이라도 자본을 운동하면 자기는 거기서도 어디어디가 요지라는 걸 설계도를 복사해 낸 사람이니까, 그 요지만 산단 말이지. 그리구 많이두 바라진 않어. 비용 죄다 제치구 순이익의 이 할만 달라는 거야."

"그럴 테지…… 누가 그런 자국을 일러 주구 구경만 하자겠나…… 이 할이라…… 이할……."

초시는 생각할수록 이것이 훌륭한, 그 무슨 그루터기가 될 것 같았다. 나진의 선례도 있거니와 박희완 영감 말이 만주국이 되는 바람에 중국과의 관계가 미묘해지므로 황해 연변에도 으레 나진과 같은 사명을 갖는 큰 항구가 필요할 것은 우리 상식으

---

14 잘려 나간 나무의 밑동, 여기서는 어떤 일의 계기(기회)의 의미.
15 사건의 전환.

로도 추측할 바이라 하였다. 초시의 상식에도 그것을 믿을 수 있었다.

위기① 박희완 영감에게 축항 예정지를 듣게 된 안 초시

오늘은 오래간만에 피죤을 사서, 거기서 아주 한 대를 피워 물고 들어왔다. 어째 박희완 영감이 종일 보이지 않는다. 다른 데로 자금 운동을 다니나 보다 하였다. 서 참위는 점심 전에 나간 사람이 어디서 흥정이 하나 떨어지노라고인지 아직 돌아오지 않는다. 안 초시는 미닫이틀 위에서 다 낡은 화투를 꺼내었다.

"허, 이거 봐라!"

*여간해선 잘 떨어지지 않던 거북패가 단번에 똑 떨어진다.[16]

누가 옆에서 좀 보아 줬으면 싶었다.

"아무래두 이게 심상치 않어…… 이제 재수가 티나 부다."

*초시는 반도 타지 않은 피죤을 행길로 내어 던졌다.[17] 출출하던 판에 담배만 몇 대를 피우고 나니 목이 컬컬해진다. 앞집 수채에는 뜨물이 떠내려가다 막힌 녹두 껍질이 그저 누렇게 보인다.

"오냐, 내년 추석엔……."

초시는 이날 저녁에 박희완 영감에게서 들은 이야기를 딸에게서 하였다. 실패는 했을지라도 그래도 십수 년을 상업계에서 논 안 초시라 출자(出資)를 권유하는 수작만은 딸이 듣기에도 딴사람같이 놀라웠다. 딸은 즉석에서는 가부를 말하지 않았으나 그의 머릿속에서도 이내 잊혀지는 않았던지 다음날 아침에는, 딸 편이 먼저 이 이야기를 다시 꺼내었고, 초시가 박희완 영감에게 묻던 이상으로

시시콜콜히 캐어물었다. 그러면 초시는 또 박희완 영감 이상으로
손가락으로 가리키듯 소상히 설명하였고, 일년 안에 청장을 하더라
도 최소한도로 오십 배 이상의 순이익이 날 것이라고 장담하였다.

<small>자세히</small>   <small>빛 따위를 깨끗이 갚음</small>

딸은 솔깃했다. *사흘 안에 연구소 집을 어느 신탁 회사(信
託會社)에 넣고 삼천 원(三千圓)을 돌리기로 하였다.[18] 초시는
금시발복이나 된 듯 뛰고 싶게 기뻤다.

<small>운이 틔어 복이 닥침</small>

"서 참위 이놈, 날 은근히 멸시했것다. 내 굳이 널 시켜 네 집보다
난 집을 살 테다. 네깟놈이 천생 가쾌지 별 거냐……."

<small>부동산 소개업자</small>

그러나 신탁 회사에서 돈이 되는 날은 웬 처음 보는 청년 하나
가 초시의 앞을 가리며 나타났다. 그는 딸의 청년이었다. *딸은 아
버지의 손에 단 일 전도 넣지 않았고 꼭 그 청년이 나서 돈을 쓰며
처리하게 하였다.[19] 처음에는 팩 나오는 노염을 참을 수가 없었으
나 며칠 밤을 지내고 나니, 적어도 삼천 원의 순이익이 오륙만 원
은 될 것이라, 만 원 하나야 어디로 가랴 하는 타협이 생기어서 안
초시는 으실으실 그, 이를테면 사위 녀석 격인 청년의 뒤를 따라
나섰다.

위기② 딸의 돈으로 땅 투기를 하게 된 안 초시

일 년이 지났다.

---

16 불행한 사건 전개를 암시하는 반어적 표현.
17 안 초시의 조급한 성격을 나타냄.
18 아버지의 작은 소원마저 무시하던 딸의 돈에 대한 강한 집착을 보여줌.
19 비정한 현실 상황을 드러내어 안 초시의 소외감을 강조함.

모두 꿈이었다. 꿈이라도 아주 악한 꿈이었다. 삼천 원어치 땅을 사놓고 날마다 신문을 들여다보며 수소문을 하여도 거기는 축항이 된단 말이 신문에도, 소문에도 나지 않았다. 용당포(龍塘浦)와 다사도(多獅島)에는 땅값이 삼십 배가 올랐느니 오십 배가 올랐느니 하고 졸부들이 생겼다는 소문이 있어도 여기는 감감소식일 뿐 아니라 나중에, 역시, 이것도 박희완 영감을 통해서 알고 보니 그 관변 모씨에게 박희완 영감부터 속아 떨어진 것이었다. 축항 후보지로 측량까지 하기는 하였으나 무슨 결점으로인지 중지되고 마는 바람에 너무 기민하게 거기다 땅을 샀던, 그 모씨가 그 땅 처치에 곤란하여 꾸민 연극이었다.

돈을 쓸 때는 일 원짜리 한 장 만져도 못 봤지만 벼락은 초시에게 떨어졌다. *서너 끼씩 굶어도 밥 먹을 정신이 나지도 않았거니와 밥을 먹으러 들어갈 수도 없었다.[20]

"재물이란 친자 간의 의리도 배추밑 도리듯 하는 건가."

탄식할 뿐이었다. 밥보다는 술과 담배가 그리웠다. 물론 안경다리는 그저 못 고쳤다. 그러나 이제는 오십 전 짜리는커녕 단 십 전 짜리도 얻어 볼 길이 없었다.

*추석 가까운 날씨는 해마다의 그때와 같이 맑았다. 하늘은 천리같이 트였는데 조각구름들이 여기저기 널리었다. 어떤 구름은 깨끗이 바래 말린 옥양목처럼 흰빛이 눈이 부시다.[21]

*안 초시는 이번에도 자기의 때묻은 적삼 생각이 났다. 그러나 이번에는 소매 끝을 불거나 떨지는 않았다. 고요히 흘러내리는 눈물을 그 더러운 소매로 닦았을 뿐이다.[22]

여름이 극성스럽게 덥더니, 추위도 그럴 징조인지 예년보다 무서리가 일찍 내렸다. 서 참의가 늘 지나다니는 식은관사(殖銀官舍)에는 울타리가 넘게 피었던 코스모스들이 끓는 물에 데쳐 낸 것처럼 시커멓게 죽고 말았다.

참위는 머리가 띵하였다. 요즘 와서 울기 잘하는 안 초시를 한 번 위로해 주려, 엊저녁에는 데리고 나와 청요릿집으로, 추탕집으로 새로 두 점을 치도록 돌아다닌 때문 같았다. 조반이라고 몇 술 뜨기는 했으나 해도 그냥 _{새벽 두 시}빽빽하다. 안 초시도 그럴 것이니까 해는 벌써 오정 때지만 끌고 나와 해장술이나 먹으리라 하고 부지런히 내려와 보니, *웬일인지 복덕방이라고 쓴 베발이 아직 내걸리지 않았다.[23]

"이 사람 봐아…… 어느 땐 줄 알구 코만 고누……."

그러나 코고는 소리는 들리지 않았다. 미닫이를 밀어 제친 서 참위는 정신이 번쩍 났다. 안 초시의 입에는 피, 얼굴은 잿빛이었다.

"아니……?"

참의는 우선 미닫이를 닫고 눈을 부비고 초시를 들여다보았다. 안 초시는 벌써 아니요, 안 초시의 시체일 뿐, 둘러보니 무슨 약병 하나가 굴러져 있었다.

---

20 욕망의 좌절로 인한 절망적 상황.
21 이후 있게 되는 안 초시의 자결과 대조되는 배경 묘사를 통해, 소외된 노인의 고통과 비애감을 나타내고 있음.
22 '적삼'을 통해 안 초시의 궁핍한 생활상을 드러냄. 이후 안 초시 자결에 대한 복선 역할.
23 불행한 사건의 전조.

참위는 한참만에야 이 일이 슬픈 일인 것을 깨달았다.

"허……."

파출소로 갈까 하다 그래도 자식한테 먼저 알려야겠다 하고 말만 듣던 그 안경화무용 연구소를 찾아가서 안경화를 데리고 왔다. 딸이 한참 울고 난 뒤이다.

"관청에 어서 알려야지?"

"아스세요."

딸은 펄쩍 뛰었다.

"아스라니?"

"저……."

"저라니?"

*"제 명예도 좀……."[24]

하고 그는 애원하였다.

"명예? 안될 말이지. *명옐 생각하는 사람이 애빌 저 모양으루 세상 떠나게 해?"[25]

"……."

안경화는 엎드려 다시 울었다. 그러다가 나가려는 서 참의의 다리를 끌어안고 놓지 않았다. 그리고

"절 살려 주세요."

소리를 몇 번이나 거듭하였다.

"그럼, 비밀은 내가 지킬 테니 나 하자는 대루 할까?"

"네."

서 참위는 다시 앉았다.

"부친 위해 보험 든 거 있지?"

"네, 간이 보험이야요."

"무슨 보험이던……. 얼마나 타게 되누?"

"사백팔십 원요."

"부친 위해 들었으니 부친 위해 다 써야지?"

"그럼요."

"에헴. 그럼…… 돌아간 이가 늘 속사쓸내의 입구퍼 했어. 좋은 털사쓰를 사다 입히구 그 위에 진견으로 수의 일습 구색 맞춰 짓게 허구…… 선산이 있나, 묻힐 데가?"

"웬걸요. 없어요."

"그럼 공동묘지라도 특등지루 넓직하게 사구……. 장례식을 장하게 해야 말이지 초라하게 해 버리면 내가 그저 안 있을 게야. 알아들어?"

"네에."

하고 안경화는 그제야 핸드백을 열고 눈물 젖은 얼굴을 닦았다.

> **절정** 안 초시의 욕망 좌절과 자결

안 초시의 소위 영결식(永訣式)이 그 딸의 연구소 마당에서 열렸다.

서 참위와 박희완 영감은 술이 거나하게 취해 갔다. 박희완 영감이 무얼 잡혀서 가져왔다는 부의(賻儀) 이 원을 서 참위가,

"장례비가 넉넉하니 자네 돈 그 계집애 줄 거 없네."

---

24 비정한 인간의 면모 제시.

25 풍자성이 깃든 대화로 비정한 현실에 대해 따뜻한 인간애를 희구하는 작가의 시선을 엿볼 수 있음.

하고 우선 술집에 들러 거나하게 곱빼기들을 한 것이다.

영결식장에는 제법 반반한 조객들이 모여들었다. 예복을 차리고 온 사람도 두엇 있었다. 모두 고인을 알아 온 것이 아니요, 무용가 안경화를 보아 온 사람들 같았다. 그 중에는 고인의 슬픔을 알아 우는 사람인지, 덩달아 기분으로 우는 사람인지 울음을 삼키노라고 끅끅 하는 사람도 있었다. °안경화도 제법 눈이 젖어 가지고 신식 상복이라나 공단 같은 새까만 양복으로 관 앞에 나와 향불을 놓고 절하였다.[26]

그 뒤를 따라 한 이십 명 관 앞에 와 꿉벅거렸다. 그리고 무어라고 지껄이고 나가는 사람도 있었다.

그들의 분향이 거의 끝난 듯하였을 때

"에헴! "

하고 얼굴이 시뻘건 서 참위도 나섰다. 향을 한 움큼이나 집어 놓아 연기가 시커멓게 올려 솟더니 불이 일어났다. 후 후 불어 불을 끄고, 수염을 한 번 쓰다듬고 절을 했다. 그리고 다시.

"헴……."

하더니 조사(弔辭)를 하였다.
죽은 사람을 슬퍼하여 하는 말 또는 글
"나 서 참월세. 알겠나? 흥…… 자네 참 호사야. 잘 죽었느니, 자네 살았으문 이런 호살 해보겠나? 인전 안경다리 고칠 걱정두 없구…… 아무튼지……."
사치

하는데 박희완 영감이 들어서더니

"이 사람 취했네그려."

하며 서 참위를 밀어냈다.

박희완 영감도 가슴이 답답하였다. 분향을 하고 무슨 소리를 한 마디 했으면 속이 후련히 트일 것 같아서 잠깐 멈칫하고 서 있어 보았으나,

"으흐윽……."

하고 울음이 먼저 터져 그만 나오고 말았다.

서 참위와 박희완 영감도 묘지까지 나갈 작정이었으나 거기 모인 사람들이 하나도 마음에 들지 않아 도로 술집으로 내려오고 말았다.

결말 비정한 현실 속에 치러진 안 초시의 영결식

출전 : 『조광』, 1937

---

26 딸의 위선적인 행동 묘사를 통해 현실에 대한 작가의 비판적 시각이 드러나 있음.

세 노인이 복덕방에서 무료하게(심심하게) 소일한다. 안 초시는 수차에 걸친 사업 실패로 몰락하여 지금은 서 참위의 복덕방에서 신세를 지고 있다. 무용가로 유명한 딸 경화가 있지만, 그는 늘 그녀의 짐일 뿐이다. 그러나 언젠가 일확천금을 잡아 재기하려는 꿈을 안고 살아간다. 서 참위는 한말에 훈련원의 참의로 봉직했던 무관이었으나 국권이 상실된 일제 강점 후 별 수 없이 복덕방을 차렸다. 안 초시와 달리 대범한 성격의 소유자로, 중학 졸업반인 아들의 학비를 걱정하며 돈을 많이 벌어야 한다는 생각을 한다. 박희완 영감은 훈련원 시절 서 참의의 친구이다. 재판소에 다니는 조카를 빌미로 대서업(代書業)을 하려고 일어 공부를 열심히 한다.

재기(再起)를 꿈꾸던 안 초시에게 박 영감이 부동산 투자에 관한 정보를 일러준다. 늘 일확천금을 꿈꾸던 안 초시는 딸과 상의하여 투자를 결심한다. 안 초시는 딸이 마련해 준 돈을 몽땅 부동산에 투자한다. 그러나 일 년이 지나도 새로운 항구의 건설이라든가 땅값이 오를 기미는 전혀 보이지 않는다. 결국 박 영감에게 부동산 정보를 전해 준 사람이 자신의 땅을 처분하기 위해 벌인 사기극임이 밝혀지고, 이에 충격을 받은 안 초시는 음독 자살한다.

아버지의 자살로 자신의 사회적 명예가 훼손될 것을 우려한 안 초시의 딸 경화는 서 참위의 권유를 받아들여 장례식을 성대하게 치른다. 장례식에 참석한 서 참의와 박희완은 조문객들의 허세에 마음이 무겁기만 하다.

작가파일

이태준 1904 ~ 미상

소설가로 필명은 상허(尙虛)이고 강원도 철원에 서 태어났다. 어려서 한학을 공부하였으며 형편이 어려워 고초를 많이 겪으며 자랐다. 그는 1930년 대 민족 수난기를 체험하면서 민족의 전통 정신과 말을 되살리는 작품을 썼고, 민족의식을 고취하는 작품을 많이 남겼다. 인물 묘사 중심의 특성 을 보이는 그의 문학세계는 간결하면서도 세밀한 문장으로 시대에 뒤 진 유학자, 유랑하는 농민과 기녀 등에 대한 애정 어린 시선을 보여줌으로써 그들의 소외와 고독에 함께 하고자 하였다. 해방 이후 월북하였으며, 주 요 작품에 「복덕방」, 「달밤」, 「까마귀」, 「해방전 후」 등이 있다.

이태준 생가 이태준이 살던 집. 지금은 수연 산방이라는 찻집으로 알려져 있다.

독후 활동

1 이 작품에서 안 초시의 소외감과 비애감을 효과적으로 드러내는 배경 묘사를 찾아 말해 보자.

2 다음 글을 읽고 작품에 나타난 1930년대 노인 문제와 오늘날 우리 사회가 안고 있는 노인 문제에 대해 말해 보자.

> A) 우리나라의 노령인구는 얼마 전 통계청이 발표한 것처럼 50대 이상 70대까지의 인구가 910만여 명이다. 의료기술의 발달과 소득수준 향상으로 수명이 길어지면서 노년 층 비중은 급증하고 있다. 65세 이상 인구 비중은 2010년 11.0%에서 2050년 38.2%로 늘어난다. 이는 OECD 국가 중 가장 높은 수치로, 한국이 가장 노령화 된 국가가 된다는 뜻이다. 그리고 같은 기간 0~14세 인구 비중은 16.2%에서 8.9%로 줄어들어 2050년이 되면 어린이보다 노인이 더 많은 나라가 된다.
>
> B) 노령 인구 중에서 절반 정도가 연금을 받는데 그 금액은 평균 40만 원 정도라 한다. 노령 인구 절반 이상이 이미 사회 안전망에 기대를 하고 있으며 그나마 겨우 연금을 받는 노인들까지 과연 그 돈으로 살아갈 수 있는가 하는 문제이다. 더구나 국

민연금이 얼마 후에는 마이너스로 돌아갈 우려가 있는데, 이렇게 되면 노인 생활 문제는 가히 폭발적인 사회 문제가 될 것이다. 젊은이가 노인을 먹여 살리게 되는데 그 젊은 세대의 불만이 팽배해짐에 따라 갈등도 무시 못 할 것이다. 그렇다면 어떻게 해야 하는가?